Lian und die Bienen

Daniel Lenz

LIAN UND DIE BIENEN

Bibliografische Information der Deutschen Nationalbibliothek:
Die Deutsche Nationalbibliothek verzeichnet diese Publikation
in der Deutschen Nationalbibliografie;
detaillierte bibliografische Daten sind im Internet über
http://dnb.d-nb.de abrufbar.

© 2011 Daniel Lenz
Satz, Umschlaggestaltung, Herstellung und Verlag:
Books on Demand GmbH, Norderstedt

ISBN: 978-3-8448-5881-5

Inhaltsverzeichnis

Einleitung 7

1. Lians Geburtstag 9

2. Morgenfrost 27

3. Die Bienenkönigin und ihr Gefolge 39

4. Onkel Kang 51

5. Besuch bei Onkel Kang 73

6. Die neue Schule 95

7. Lian und die Bienen 103

8. Nachgeschichte 113

Einleitung

Die nachfolgende Erzählung spielt im Süden der zentralchinesischen Provinz Sichuan. Im Mittelpunkt steht die kleine Lian, ein Mädchen, das mit seiner Mutter bei den Großeltern aufwächst. Sie lebt in einem Tal, das im Folgenden „Tal der Birnen" genannt wird, da die Bauern in dieser Region seit jeher vorwiegend vom Birnenanbau leben.

In einzelnen Episoden wird die Geschichte Lians und die ihrer Familie erzählt, der Bogen spannt sich dabei zurück bis zu einer Zeit, die von heute an gerechnet etwa 80 Jahre bis um das Jahr 1930 zurückreicht, zum Schluss aber auch einen kurzen Ausblick in die Zukunft einräumt.

Eine besondere Beachtung erhalten dabei einzelne Beschreibungen von Handlungen der Personen, die entsprechend ihrer Zeit, ihrer Bräuche und ihrer technischen Möglichkeiten in den Text einfließen. Diese Beschreibungen entsprechen durchaus einer wahren Realität, wenngleich sie oft vereinfacht oder etwas abgewandelt erläutert werden. Dies gilt auch für Schilderungen der Landschaft und der damit verbundenen Ereignisse, die zweifellos im Süden der Provinz Sichuan so vorzufinden sind.

Es entspricht ebenso den Tatsachen, dass der Süden Sichuans für seine Birnen berühmt ist, wie auch, dass es dort seit über 20 Jahren keine Bienen mehr gibt und die Bauern die Birnblüten, wie anschließend beschrieben, seither selbst bestäuben müssen.

Die in der Erzählung angegebenen Gründe für das Aussterben der Bienen in dieser Region sind genauso frei erfunden wie die Personen selbst, von denen diese Geschichte handelt. Die

Namen der handelnden Personen entsprechen gängigen chinesischen Vornamen. Auch das „Tal der Birnen" ist kein wirklich existierender Ort, sondern entspringt nur dichterischer Freiheit.

Die Botschaft dieser Geschichte liegt nicht so sehr in ihren Zeilen, sie liegt vielmehr dazwischen.

1. Lians Geburtstag

Lian hatte die ganze Nacht kaum geschlafen. Erst in den frühen Morgenstunden, als die Vögel zu zwitschern begonnen hatten, war sie dann doch ihrer Müdigkeit erlegen und eingeschlafen.

Sie träumte davon, dass ihr Vater Gang sie besuchen würde, da sie ja heute ihren zehnten Geburtstag feierte. Sie war so aufgeregt, dass sie davon aufwachte, als sie „Vater, Vater" rief. Doch als sie die Augen öffnete, blickte sie in das Gesicht ihres Großvaters Ning, der ihr die Hand auf die Stirn legte.

„Lian, kleiner Drache, dein Vater kommt erst in knapp einem Jahr wieder", sagte ihr Großvater. „Du weißt ja, er arbeitet in der großen Stadt, in zehn Monaten kommt er erst wieder zu uns auf Besuch. Du musst jetzt aufstehen und mir helfen, heute Morgen haben sich die Birnenblüten geöffnet!"

Großvater nannte sie deshalb „kleiner Drache", weil sie im Jahr des Drachen geboren worden ist. Heuer war das Jahr des Tigers und in zwei Jahren würde es wieder ein Jahr des Drachen geben.

Die Birnen blühen, dachte Lian, Großvater erwartete das erst in einer Woche, wenngleich er die Bäume seit Tagen genau beobachtete. Lian sprang aus ihrem Bett und lief in den Obstgarten hinaus, der sich gleich neben dem kleinen Haus ihres Großvaters befand. Sie jauchzte über den prachtvollen Anblick der blühenden Birnbäume. Dann wurde ihre Freude aber jäh unterbrochen. Es wurde ihr bewusst, dass ihr Geburtstagsfest damit ins Wasser fiel. Denn die Blüte der Birnbäume hieß harte und vor allem rasche Arbeit für alle in der Familie.

Großvater Ning wusste, wie viel seiner Enkelin ihr zehnter Geburtstag bedeutete, er bemerkte ihren Stimmungswechsel sofort und sagte: „Lian, sei nicht traurig, wir werden deinen Geburtstag nachholen. Lauf jetzt hinunter in die Schule und melde, dass die Birnbäume blühen."

Lian blickte ihren Großvater an und nickte, dann liefen heiße Tränen über ihr Gesicht, sie schluchzte laut auf und lief Richtung Dorf. Großvater Ning blickte ihr lange nach, auch über seine alten, von der Sonne gegerbten Wangen liefen Tränen.

Lian lief die ganze Strecke bis zur Schule, am Ende hatte sie sich gefasst, die Enttäuschung war verflogen. Als sie in der Schule ankam, wusste der Schuldirektor bereits Bescheid, Lians Schulfreundin Chan hatte ihn schon zuvor über die Birnenblüte informiert. Viele ihrer Klassenkameradinnen würden heute und die nächsten Tage schulfrei bekommen, um bei der Bestäubung der Birnbäume mitzuhelfen. Der Schuldirektor sagte zu ihr, er habe auch schon die Dienststelle ihrer Mutter informiert, sie werde nach ihrem heutigen Dienst für eine Woche dienstfrei gestellt.

So lief das jedes Jahr, seit Lian denken konnte. Hier in dem Dorf im Süden der Provinz Sichuan hatte der Birnenanbau eine lange Tradition und viele Bauern lebten fast ausschließlich davon. Das Tal, in dem Lians Dorf lag, nannte man deshalb auch das „Tal der Birnen".

Daneben hatten die Bauern noch einen kleinen Garten und ein paar Hühner und Schweine. Kühe waren selten, doch Großvater Ning hatte eine, und er hatte einen Maulesel. So fanden er, Großmutter Hui, Lian und ihre Mutter Juan das Auslangen. Lians Mutter arbeitete zudem als Krankenpflegerin in der Bezirkshauptstadt, etwa 30 Kilometer von ihrem Dorf entfernt. Ihren Vater sah Lian nur ein paar Tage im Jahr, genau zum Jahreswechsel des chinesischen Jahres zwischen Ende Januar und Mitte Februar. Dann kam er von seiner

10

Arbeit als Wanderarbeiter aus der großen Stadt im Osten des Landes nach Hause und brachte Geschenke mit. Doch nach ein paar Tagen musste er wieder aufbrechen, zurück in die große Stadt, wo er Straßen und Häuser baute.

Lian machte sich auf den Rückweg nach Hause, um Großvater bei der Arbeit zu helfen. Als sie den Obstgarten erreichte, war Großvater Ning bereits dabei, den Blütenstaub der Birnblüten einzusammeln. Dieser musste anschließend etwa einen Tag getrocknet werden. Großmutter Hui saß auf einem Schemel und band flauschige Hühnerfedern um kleine Stöckchen aus Bambus. Diese Federbuschen wurden dann in den Blütenstaub getaucht und so Blüte für Blüte berührt – auf diese Weise wurde die Blüte bestäubt, damit aus ihr eine Frucht, eine Birne wachsen konnte.

„Lian, mein Kind, hole bitte das große Blech aus dem Speicher und wasche es gründlich ab, damit Großvater den Blütenstaub darauf trocknen kann, wenn er genug gesammelt hat." Lian seufzte und murmelte: „Ja, Großmutter, ich ziehe mich nur rasch um."

Das Blech war eine Erfindung von Großvater Ning. Wenn man es in die Sonne legte, erwärmte es sich rasch und der Blütenstaub konnte darauf schneller trocknen. Allerdings ließ Großvater Ning das Blech nur aufheizen, dann kam es in den Speicher, wo es warm und trocken war. Dann verteilte er den Blütenstaub darauf, der so rasch trocknete. In der prallen Sonne würde das Blech zu heiß werden, der Blütenstaub würde Schaden nehmen. Großvater war es durch seine Erfindung möglich, noch am gleichen Tag nach dem Mittagessen mit der Bestäubung der Birnbäume zu beginnen.

Zu dritt würden sie dann heute wenigstens vier Bäume bestäuben können, morgen dann acht oder sogar neun. Großvater sagte: Wenn nur vier Bäume einen Tag früher Früchte tragen würden als alle anderen im Dorf und in der weiteren Umgebung, könnte er einen sehr guten Preis auf dem Markt erzielen, da seine Birnen die ersten wären, die man kaufen könnte.

Dazu kam, dass Großvater direkt am Haus eine sehr frühe Sorte Birnen gepflanzt hatte. Die Bäume wurden durch das Haus geschützt, das auf einem kleinen Plateau stand. Durch die besondere Lage waren diese Birnbäume auch vor Morgenfrost gut geschützt, da die kalte Luft ins Tal abfloss. Weiter unten am Hang hatte Großvater eine spätere Sorte Birnen gepflanzt, die erst blühten, wenn es keinen Frost mehr gab. So wurde die Arbeit der Bestäubung verteilt, denn, wie schon gesagt, zu dritt schafften sie höchsten acht bis neun Bäume am Tag.

Als Lian das Blech gereinigt und in die Sonne gelegt hatte, kam Großvater Ning mit seinem Topf mit Blütenstaub zum Haus. Es war nicht sonderlich viel von der Kostbarkeit in dem kleinen Behälter, obwohl Großvater über vier Stunden unermüdlich gesammelt hatte.

Er prüfte die Temperatur des Blechs, welches eigentlich ein Backblech war, nickte zustimmend und ging damit in den Speicher. Dort verteilte er vorsichtig den Blütenstaub darauf. Als er zurückkam, wartete Großmutter Hui mit dem Frühstück, das alle heute verspätet einnahmen. Es gab eine Gemüsesuppe mit Nudeln, die sie gemeinsam im Freien verspeisten. Sie hockten dabei wie immer auf dem Boden, die Schale mit der Suppe in der Hand, während des Essens wurde nicht gesprochen.

Nach der Suppe streckte sich Großvater und sagte: „Lian, du musst hinunter zur Quelle, um Wasser für uns und die Tiere zu holen, ich bereite in der Zwischenzeit schon die Leitern für die Bäume vor."

„Ja, Großvater", sagte Lian. Seit zwei Jahren war es ihre Aufgabe, Wasser zu holen. Vorher hat es ihre Großmutter gemacht, die Lian dazu immer mitgenommen hatte.

12

Lian wusste, was zu tun war. Sie spannte den Maulesel vor den Wasserwagen, den Großvater gebaut hatte. Es war ein einfacher Wagen, auf den Großvater ein Fass befestigt hatte. Damit machte sich Lian auf den Weg zur Quelle, die unterhalb des Hauses lag und über den Weg ins Dorf erreichbar war.

Das war der Preis dafür, dass sie oben auf dem Plateau wohnten, wo sie die Sonne morgens und abends genießen konnten, wenn sie im Tal noch nicht oder nicht mehr schien: Oben gab es kein Wasser. Aber für Lian war das Wasserholen etwas ganz Normales. Schließlich holten die anderen Dorfbewohner ihr Wasser auch von dieser oder einer anderen Quelle, eine Wasserleitung gab es im Dorf nicht.

Lian steckte den Schlauch, der die Quelle fasste und aus dem unablässig Wasser floss, in das Fass am Wagen. Dann musste sie sich um den Maulesel kümmern, der ständig versuchte, an das saftige Grün um den kleinen Teich zu gelangen, in dem sich das Wasser der Quelle sammelte. Im Teich wurden Fische, hauptsächlich Karpfen, gezüchtet. Zu gewissen Zeiten fischte sie Großvater Ning aus dem Teich und verkaufte sie auf dem Markt. Eigentlich machte das Marktgeschäft ja Großmutter, aber Großvater sagte immer, „er" verkaufe die Fische, die Birnen und was sonst noch geerntet, aber nicht selbst gegessen wurde.

„Halt still, Maulesel, heute haben wir keine Zeit zum Fressen, ich muss so schnell wie möglich wieder nach oben, Großvater braucht meine Hilfe."

Nach etwas mehr als 20 Minuten war das Fass endlich voll, die Quelle war ziemlich leer, es hatte lange nicht geregnet. „Na endlich", murmelte Lian und trieb den Maulesel die Straße hinauf.

Oben angekommen, fuhr Lian über eine Rampe, die ihr Vater gemeinsam mit Großvater gebaut hatte. Über die Rampe kam man von außen in den Speicher, man konnte so mit dem

13

Wagen viel schneller alle möglichen Dinge in und aus dem Speicher bringen. Am Ende der Rampe befand sich eine große Wassertonne und daneben noch eine kleinere, die mit der großen verbunden war. Ihr Vater hatte das gebaut, als er vor zwei Jahren länger keine Arbeit fand. Seither hatten sie im Haus „fließendes" Wasser und es war sogar warm!

Lian schloss den Wasserhahn des Transportfasses an den Schlauch zur großen Wassertonne an und öffnete den Deckel des Fasses. Erst dann drehte sie den Wasserhahn auf, das Wasser floss nun schnell in die große Tonne.

Die kleine Tonne war ein alter Warmwasserboiler, dessen Heizspirale defekt war. Ihr Vater hatte ihn damals am Markt in der Bezirkshauptstadt gekauft, die Isolierung abmontiert und das innere Druckgefäß mit schwarzer Farbe angestrichen. Wenn die Sonne schien, erwärmte sich innen das Wasser, wenn sie längere Zeit nicht schien, blieb es kalt.

Zwei getrennte Leitungen führten nach unten ins Haus, aus einer rann kaltes, aus der anderen warmes Wasser. Für den Druck sorgte der Höhenunterschied, die Tonnen befanden sich drei Meter über der Wohnung.

Ein schlürfendes Geräusch aus dem Wasserfass zeigte Lian, dass das Fass jetzt leer gelaufen war. Sie verschloss den Wasserhahn und zog den Schlauch zur großen Tonne ab.

„Los, Maulesel, nach unten, wir sind hier fertig", sagte Lian und das Tier setzte sich ohne weiteren Antrieb in Bewegung. Doch bevor sie den Wagen vom Maulesel abkoppeln konnte, rief Großvater Ning nach ihr: „Lian, kleiner Drache, du musst noch einmal zur Quelle fahren, wir haben viel zu wenig Wasser – und beeile dich, zu Mittag ist Familie Wang mit dem Wasserholen an der Reihe und danach Familie Chin."

Lian wunderte sich über den Wunsch ihres Großvaters, das Wasser reichte doch sonst für gut drei Tage. „Aber ich

14

sollte dir doch bei den Birnbäumen helfen, Großvater!", rief sie zurück. „Du hilfst mir ja dabei", antwortete er, „nun beeil dich aber und fahr los!"

Lian dachte sich: *Na gut, fahre ich halt.* Dann sah sie all die Leitern, die Großvater an die blühenden Bäume gestellt hatte. *Das ist aber komisch,* dachte sie, *warum stellt er bei allen Bäumen Leitern auf? Wir können heute doch höchstens vier bestäuben, und wenn ich Wasser holen muss, werden er und Großmutter nur drei schaffen, wozu überall Leitern?* „Wieso hast du an allen Bäumen Leitern aufgestellt Großvater?", fragte Lian. „Nur zur Vorsicht", antwortete Großvater Ning, „und nun fahr schon los!"

Na gut, dann los, dachte Lian und rief zum Maulesel: „Komm, Maulesel, wir fahren noch einmal zur Quelle."

Es war noch ungefähr eine Stunde bis Mittag, dann durfte Familie Wang Wasser von der Quelle holen, um 14 Uhr dann Familie Chin und ab 16 Uhr Familie Feng. Man hatte diese Zeiten so vereinbart, damit keiner warten musste, falls alle gleichzeitig zur Quelle kamen, was früher oft der Fall war. Der Vorschlag zu dieser Regelung war von Großvater Ning gekommen, und alle waren damit einverstanden.

„Großvater Ning ist ein kluger Mann", trällerte Lian, im Grunde war es ihr ohnehin viel lieber, Wasser zu holen, als bei der Bestäubung der Birnbäume zu helfen. *Es wird mir aber nicht erspart bleiben,* dachte sie, *oben muss ich das machen, Großvater und Großmutter sind schon zu alt, um auf die Leitern zu steigen.*

Nachdem sie das zweite Fass in die große Tonne geleert hatte, forderte sie Großvater Ning ein weiteres Mal auf, zur Quelle zu fahren. Als das Fass halb voll war, erblickte Lian ihre Schulfreundin Chan, die auf dem Weg zur Quelle war. Chan gehörte zur Familie Wang, ab 12 Uhr war die Familie Wang mit Wasserholen an der Reihe.

15

„Hallo, Lian", rief Chan, „wieso holst du jetzt noch Wasser?"

„Großvater sagt, wir haben zu wenig, deshalb hat er mich noch einmal zum Wasserholen geschickt. Aber ich bin gleich fertig, so können wir ein bisschen plaudern", antwortete Lian.

„Ja, gut, ich hab dir noch gar nicht zum Geburtstag gratuliert Lian, alles Gute und Gesundheit!"

„Danke, Chan, ich bin ein wenig traurig, dass ich meinen Geburtstag wegen der Birnenblüte nicht feiern kann, aber Großvater hat mir versprochen, dass wir alles später nachholen!" – „Ganz bestimmt, dein Großvater wird dir ein ganz besonderes Geschenk machen, ich hab das ganz stark im Gefühl", antwortete Chan.

„Blühen eure Bäume auch schon, Chan?", fragte Lian.

„Nur drei, du weißt, wir haben eher spätere Sorten."

„Ja, ich weiß, mein Großvater hat auch spätere Sorten, aber auch viele frühe. Mein Fass ist jetzt voll, ich muss mich auf den Weg machen. Sehen wir uns morgen?"

„Ich weiß nicht, vielleicht. Grüße deine Großeltern von mir – und pass auf bei der Arbeit!"

Als Lian auch das dritte Fass in die große Tonne geleert hatte, war diese fast voll. Sie spannte den Maulesel aus und ging um das Haus herum zu ihren Großeltern. Beide waren eifrig am Bestäuben der Birnblüten, sie bestäubten die Blüten der unteren Äste, wie Lian vermutet hatte.

„Lian", rief ihr Großvater, „nimm dir einen Federbusch, etwas vom Blütenstaub und bestäube damit die oberen Blüten!"

Lian suchte sich einen Federbusch aus und nahm den kleinen Kupferkessel, in den ihr Großvater etwas Blütenstaub getan hatte. Der Boden des Kessels war gewölbt, sodass man den Federbusch leicht mit dem Blütenstaub benetzen konnte. Dann

16

führte man den Federbusch über die Blüten und berührte jede einzelne damit. So gelangte der Blütenstaub auf das Fruchtblatt und die Blüte war bestäubt. Aus dem Fruchtblatt konnte nun eine Birne wachsen.

Großvater Ning hatte Lian eingeschärft, immer nur ein wenig von dem Blütenstaub in den Kessel zu geben. Falls ihr auf der Leiter ein Missgeschick passieren und der Kessel dabei ausgeleert werden würde, ginge nur wenig von dem kostbaren Gut verloren.

Um nicht jedes Mal von der Leiter steigen zu müssen, wenn der Kessel leer war, hatte Lian ein sicher verschlossenes Horn einer Kuh bei sich, welches sie um die Schultern trug. War der Kessel leer, füllte sie vorsichtig aus dem Kuhhorn nach, dabei war Lian inzwischen sehr geschickt.

Langsam neigte sich der Tag dem Ende, die Sonne stand schon sehr tief. Da erblickte Lian von ihrer Leiter aus ihre Mutter Juan, wie sie die Straße zum Haus hinaufging.

Sie rief nach ihr und winkte mit der linken Hand, denn in der rechten trug sie ja den Federbusch mit dem Blütenstaub darauf. Ihre Mutter grüßte sie zurück und winkte ebenfalls. Wenig später erreichte sie das Haus.

Juan begrüßte ihre Eltern und lobte alle, wie fleißig sie heute schon waren. Dann blickte sie ihren Vater an und deutete mit dem Kopf in Richtung der übrigen Birnbäume, an denen überall Leitern standen. Als sich ihre Blicke wieder trafen, runzelte er die Stirn und wiegte seinen Kopf hin und her, seine Lippen drückte er dabei nach vorne.

Juan kannte diesen Ausdruck seines Gesichtes, sie wusste, was ihr Vater damit meinte. Und sie wusste auch, was all die Leitern an den Bäumen bedeuteten. Doch sie verlor kein Wort darüber.

„Ich werde das Abendessen zubereiten", sagte sie, „es wird gleich dunkel." Sie ging ins Haus und man hörte Geschirr klappern.

17

Bald darauf waren Lian und ihre Großeltern mit der Bestäubung von drei Birnbäumen fertig, die Sonne war bereits untergegangen und es wurde merklich kühl. Sie packten ihr Werkzeug zusammen und wuschen Hände und Gesicht an der Wasserleitung, die außen am Haus angebracht war.

Lian hörte, wie ihre Mutter in der Küche ein Lied sang, ein Lied, das ihr sehr vertraut war. Ihr Gesicht erstrahlte, denn mit einem Mal fiel ihr wieder ein, dass heute ihr zehnter Geburtstag war. Sie lief ins Haus, wo ihr ein wunderbarer Geruch in die Nase strömte. „Mama, Mama!", rief Lian und fiel ihrer Mutter um den Hals.

„Alles Gute zum Geburtstag, Lian!", rief ihre Mutter und drückte Lian fest an sich. Ihre Körper wiegten sich wie bei einem Tanz, Lian hörte ein leises Schluchzen ihrer Mutter.

„Warum weinst du Mama?", fragt Lian und blickte ihre Mutter an.

„Weil ich glücklich bin und weil ich so stolz auf dich bin, Lian", antwortete ihre Mutter.

Lian hatte nicht bemerkt, dass ihre Großeltern auch ins Haus gekommen waren, jetzt standen sie beide hinter ihr und umarmten sie und ihre Mutter zugleich.

„Auch von uns alles Gute zu deinem Geburtstag, wir haben ihn nicht vergessen. Und danke, dass du uns so fleißig geholfen hast."

„Hier riecht es ja himmlisch!", rief Großmutter Hui. „Was hat denn deine Mutter hier für ein Festmahl gezaubert?"

Alle standen nun um den Herd, auf dem verschiedenes Gemüse, Reis und vor allem eine Pfanne mit Entenfleisch einen köstlichen Duft verbreiteten.

„Ente, es gibt Ente!", jubelte Lian, Ente war ihre Lieblingsspeise. Ihre Mutter hatte sie am Markt in der Bezirkshauptstadt gekauft.

Die Tiere konnte man sich lebend aussuchen und mit nach

18

Hause nehmen. Oder das Tier wurde gleich dort geschlachtet, gefedert und zerteilt, man konnte das rohe Fleisch mitnehmen oder es sogar an Ort und Stelle braten lassen.

Lians Mutter hatte sich dafür entschieden, das Fleisch in rohem Zustand zu kaufen. Zu Hause konnte sie die Ente so zubereiten, wie sie es von ihrer Mutter gelernt hatte und wie es allen so besonders schmeckte!

Großmutter deckte den Tisch, sie nahm dazu ein besonderes Tischtuch, das sie sorgsam in einer Truhe verwahrte. Auch wurden die schönen Porzellanschalen aufgedeckt, die nur zu Festtagen verwendet wurden, und natürlich die Zinnbecher statt der einfachen Gläser für die Getränke. Schließlich durften auch die feinen, mit geschnitzten Verzierungen versehenen Stäbchen nicht fehlen, alles war auf das Festlichste gedeckt!

Der Tisch war überfüllt von Schalen mit verschiedenen Gemüsesorten, daneben zahlreiche Soßen und Gewürze, die den Speisen nach Lust und Geschmack beigemengt werden konnten, dazu Reis und natürlich die geschnetzelte Ente, die Lians Mutter mit verschiedenen Gewürzen scharf angebraten und nach altem Rezept zum Schluss mit Birnenschnaps flambiert hatte – es war köstlich!

Zum Nachtisch gab es noch eine spezielle Nachspeise: eingelegte Birne, mit heißem Birnensirup übergossen, dazu einen flaumigen, süßlichen Knödel.

Anders als sonst erhob sich Großvater Ning nach dem Essen sofort vom Tisch. Lian fragte ihn: „Warum bleibst du nicht sitzen, Großvater? Du hast auch nur so wenig gegessen!"

„Ich muss noch etwas aus dem Speicher holen und überprüfen, ob es noch funktioniert", antwortete Großvater Ning und machte sich auf den Weg.

Lian half ihrer Großmutter und ihrer Mutter, den Tisch abzuräumen, Großmutter machte sich gleich daran, das Geschirr zu waschen und wieder an seinen Platz zu stellen. Auch

19

das Tischtuch wurde entfernt, es war unvermeidlich, dass Soßen, Reiskörner und Ähnliches während des Essens auf das Tischtuch tropften oder fielen. Großmutter würde es waschen, bügeln und dann wieder in die Truhe legen. Lians Mutter hatte so viel gekocht, dass auch für morgen noch genug für alle übrig geblieben war. Die Töpfe wurden aber nicht alle kühl gestellt, einige schob Großmutter Hui ans Ende der Herdplatte, wo sie warm gehalten wurden, ohne zu kochen. Dann holte Großmutter Hui ihre fünf größten Töpfe, füllte diese mit Wasser und stellte sie mit auf den Herd. Auf jeden Topf gab sie einen Deckel. Lian fragte sich, wozu Großmutter so viel warmes Wasser brauchte, doch sie wurde abgelenkt. Als sie sich mit ihrer Mutter gerade wieder an den Tisch setzen wollte, kehrte Großvater Ning aus dem Speicher zurück.

Er trug einen seltsamen Apparat mit sich, den Lian zuvor noch nie gesehen hatte. Es war ein Metallzylinder mit einer Art Hebel an der Oberseite. Der Hebel hatte zwei Enden mit je einem Griff aus Holz daran. An der unteren Seite des Metallzylinders befanden sich zwei Anschlüsse, an denen Großvater je einen Wasserschlauch befestigte.

„Was ist das, Großvater?", fragte Lian.

„Das ist eine Wasserpumpe, ich muss überprüfen, ob sie noch einwandfrei funktioniert", antwortete Großvater Ning. „Doch zuerst werde ich den Staub abwischen."

Er nahm mehrere Putzlappen aus einer Truhe, in der er verschiedenes Werkzeug und anderes Material aufbewahrte.

Nach einer groben Reinigung der Pumpe öffnete er den Deckel an der Oberseite und blickte in das Innere des Zylinders. Lian war neugierig näher getreten und sah eine Stange, die mit dem äußeren Hebel verbunden war. Am Ende der Stange befand sich eine Ledermanschette, die genau in den Zylinder

20

passte. Als Großvater den Zylinder geöffnet hatte, drang der Geruch von Rindertalg in ihre Nase, es roch ekelig.

„Was ist das?", fragte Lian. – „Das ist ein Kolben. Wenn man am Hebel drückt, bewegt er sich innen auf und nieder", antwortete Großvater Ning. „Wenn er nach oben geht, saugt er das Wasser durch den rechten Anschluss hier unten", Großvater zeigte auf den Anschluss. „Wenn man ihn nach unten drückt, schließt sich bei diesem Anschluss ein Ventil, und das Wasser wird durch den linken Anschluss in den Schlauch gedrückt. Am Ende dieses Schlauches befindet sich eine Sprühdüse", er zeigte Lian einen Metallfortsatz am Ende des Schlauches mit einem Handgriff daran, „so wird das Wasser fein zerstäubt."

„Warum hast du den Kolben mit Rindertalg eingeschmiert? Das stinkt ja grauenhaft!", fragte Lian.

„Der Kolben besteht aus Rindsleder. Wenn das Leder trocknet, wird es brüchig und der Kolben wird unbrauchbar. Der Rindertalg sorgt dafür, dass das Leder geschmeidig bleibt. Ich habe die Pumpe schon lange nicht mehr benutzt, seit du geboren bist, war sie nie mehr im Einsatz."

Großvater Ning stellte den Kolben in einen Eimer mit lauwarmem Wasser, dann wandte er sich dem Inneren des Zylinders zu. Er wischte den Zylinder gründlich aus, dazu verwendete er zwei Tücher. Mit dem ersten entfernte er den Ring von altem Rindertalg, der sich im Bereich des Kolbens gebildet hatte, und wischte auch den Rest des Kolbens aus. Das zweite Tuch tränkte er mit etwas Schmieröl und verteilte dieses zu einem feinen Film im Inneren des Zylinders.

Nun sah er sich das Ventil am rechten Anschluss an, dort, wo das Wasser angesaugt wurde. Er tropfte ein wenig Schmieröl hinein und blies Luft durch den Schlauch, damit es sich öffnete, und saugte, damit es sich wieder schloss. Das wiederholte er einige Male, bis er zufrieden grunzte und mehr zu sich als zu den anderen sagte: „Jetzt bewegt es sich leicht, so ist es gut."

Lian beobachtete ihren Großvater, und obwohl sie so viele Fragen an ihn hatte, getraute sie sich nicht, ihm eine zu stellen. Sie wusste, er war sehr beschäftigt und mochte es gar nicht, wenn man ihn bei solchen Arbeiten mit Fragen belästigte. Sie fragte sich: „*Warum muss Großvater jetzt zu dieser Stunde den Apparat überprüfen und wozu wird er ihn verwenden? Wen oder was will er mit Wasser bespritzen? Wozu taucht er den Kolben in lauwarmes Wasser?*"

Sie wandte sich mit einem fragenden Blick zum Tisch um, an dem ihre Großmutter und ihre Mutter saßen, die sie und Großvater Ning betrachteten. Als sie sich zu ihnen an den Tisch setzen wollte, rief Großvater Ning nach ihr.

„Lian, komm und fühle den Kolben!"

Lian drehte sich wieder um und ging zu Großvater, der ihr den Kolben entgegenhielt.

„Hier, greif das Leder an!", forderte sie Großvater auf.

Lian ergriff den Kolben, das Leder war jetzt weich, der Kolben war irgendwie gewachsen.

„Er ist größer geworden, Großvater", es war eine Feststellung und gleichzeitig eine Frage.

„Genau, Lian, wenn das Leder trocknet, schwindet es – so nennt man das. Gibt man es in Wasser, dann saugt es sich damit voll und dehnt sich aus. Jetzt passt der Kolben genau in den Zylinder. Wenn man den Hebel betätigt, läuft der Kolben nach oben, die Luft im Zylinder entweicht dann hier", er zeigte auf eine Öffnung im Deckel des Zylinders, den er zuvor abgeschraubt hatte. „Nun kann von unten Wasser angesaugt werden. Wenn dann der Hebel von der anderen Seite nach unten gedrückt wird, drückt der Kolben das Wasser durch den linken Anschluss in den Schlauch bis zur Düse, der rechte Anschluss wird dabei durch das Ventil verschlossen.

22

Ist der Kolben zu klein, dringt zwischen Kolben und Zylinder Luft von oben nach unten und man kann kein Wasser ansaugen."

„Hmm", murmelte Lian, „ist das so wie bei unserer Fahrradpumpe?"

„Ziemlich ähnlich, Lian, ziemlich ähnlich. Ich gehe jetzt zu Bett, ich muss morgen sehr früh aufstehen. Ihr solltet auch nicht zu spät schlafen gehen, es kann sein, dass wir alle morgen früh aufstehen müssen. Gute Nacht."

„Gute Nacht, Großvater."

Auch Großmutter Hui und Lians Mutter Juan wünschten Großvater eine Gute Nacht.

„Komm her zu uns, Lian", forderte ihre Mutter sie auf.

Lian setzte sich an den Tisch und fragte ihre Großmutter, was Großvater denn mit der Wasserpumpe vorhabe.

„Das soll dir deine Mutter erzählen, mein Kind, ich gehe jetzt auch zu Bett. Gute Nacht euch beiden."

Als Großmutter gegangen war, nahm Lian eine ihrer typischen Stellungen ein. Ihre Mutter wusste genau: Wenn Lian den Stuhl etwas zurückrückte, auf der Tischplatte lümmelte und dabei mit den Fingern beider Hände spielte, dann war sie unsicher, weil sie etwas beschäftigte, was sie nicht verstand.

Lians dunkle Augen blickten sie von unten an, als sie zu sprechen begann.

„Großmutter hat mir erzählt, dass du heute dreimal an der Quelle warst, um Wasser zu holen. Kannst du dir jetzt einen Reim auf Großvaters Wasserpumpe machen?"

Lian schüttelte nur langsam den Kopf.

„Ist ja kein Vorwurf, ich erkläre es dir.

Als ich so ein Mädchen war wie du, haben die Birnbäume auch sehr früh geblüht, das kommt manchmal vor. Du weißt, dass es um diese Jahreszeit manchmal zu Morgenfrost kommt,

23

das ist der Reif, der sich weiß auf allen Bäumen, der Wiese und den Dächern der Häuser niederlegt.

Wenn die Blüten der Birnbäume vom Reif getroffen werden, verbrennen sie."

„Wieso verbrennen die Blüten, es ist doch sehr kalt?", fragte Lian ihre Mutter.

Sie ist so klug, dachte Juan und antwortete: „Auch die Kälte kann Dinge verbrennen, besonders zarte Blüten. Sie sind dann nicht mehr weiß, sondern werden braun und es kann keine Birne mehr wachsen.

Aber Großvater weiß, wie man verhindern kann, dass der Reif die Blüten verbrennt, dazu braucht er die Wasserpumpe."

Lian hatte nichts verstanden, kleinmütig fragte sie: „Löscht er mit dem Wasser den Brand?"

Ihre Mutter lachte herzlich auf, Lian hatte den „Brand" mit Feuer verwechselt, dazu brauchte man aber sehr wohl Wasser, um es zu löschen.

„Nein, mein Kind, das Wasser soll an den Blüten gefrieren und sie so vor dem Frost schützen. Dabei muss man aber immer weiter sprühen, so lange, bis die Sonne aufgeht, erst dann sind die Blüten außer Gefahr. Großvater wird deshalb sehr früh aufstehen, um die Temperatur zu messen. Wenn es zu frieren beginnt, müssen wir alle mithelfen, damit die Blüten überleben und sie die Bienen bestäuben können."

Juan war augenblicklich bewusst, dass sie mit dieser Andeutung Lians Interesse wecken würde. Sie hatte ihrer Tochter zum Geburtstag ein Buch mit einer Geschichte über Bienen gekauft, das sie ihr noch geben wollte.

Lian fuhr in ihrem Stuhl hoch: „Wer sind die Bienen? Großvater, Großmutter, du und ich bestäuben doch die Birnbäume, jetzt verstehe ich gar nichts mehr!"

Lians Mutter zog ein Päckchen hervor und überreichte es Lian. Darin befand sich das Buch über Bienen. Lian packte

24

das Buch aus und blickte auf den Einband mit dem Titel „Die Bienenkönigin und ihr Gefolge". Ein gemaltes Bild zeigte ein großes Insekt mit aufgesetzter Krone, umringt von kleineren Insekten.

„Und die bestäuben die Birnbäume? Die habe ich noch nie gesehen!", rief Lian.

Und ihre Mutter antwortete: „Früher hat es sie hier bei uns gegeben, aber das ist lange her. Seither müssen die Menschen selbst die Bäume bestäuben. Dabei haben sie so schön gesummt! Lies das Buch und dann frage Großvater, er wird dir all deine Fragen beantworten. Jetzt sollten wir aber zu Bett gehen, es ist schon spät. Ich wecke dich, wenn wir deine Hilfe brauchen."

Lian schlüpfte in ihr Bettchen und dachte an die Bienen. Sie dachte an ihr Summen und merkte, wie müde sie von der Arbeit des heutigen Tages war. Das Summen der Bienen entspannte sie mehr und mehr, die Bienen summten sie in einen tiefen Schlaf.

2. Morgenfrost

Der Wecker schlug nur kurz an, Großvater Ning drückte sofort auf Stopp, er war bereits wach gewesen und in Gedanken durchgegangen, was ihn und die ganze Familie heute erwartete.

Großmutter Hui war trotz des kurzen Weckerläutens wach geworden und fragte, wie spät es sei. Es war 4 Uhr morgens und stockfinster.

Großvater Ning ging in die Küche, wo es noch angenehm warm war. Er öffnete den Herd und erblickte noch eine kleine Glut. Er nahm ein paar Holzspäne und legte sie in die Glut, dann wartete er, bis sie Feuer gefangen hatten, und legte drei Scheite Holz nach. Das Feuer prasselte und er stellte einen Topf mit Wasser auf die heißeste Stelle der Herdplatte, für den Tee, den er sich brauen wollte. Die Töpfe vom abendlichen Festtagsessen für Lian ließ er dort, wo sie standen, sie würden sich langsam erwärmen.

Er prüfte die Wassertemperatur in den fünf großen Töpfen, die Großmutter Hui am Abend auf den Herd gestellt hatte. Dazu steckte er einfach einen Finger in das Wasser. Zwei hatten Badewassertemperatur, bei den anderen drei war das Wasser nur mehr lauwarm.

„Zu wenig", brummte er, in zwei Stunden musste das Wasser sieden.

Dann ging er zum Schrank, holte seine dicke Jacke, eine Wollmütze sowie Handschuhe heraus und ging vor die Tür.

An einem Nagel in der Hauswand hing ein Thermometer an einem Lederband. Er warf einen Blick darauf, es zeigte 2 Grad plus.

Er holte einen Wasserzuber aus dem Speicher und füllte ihn mit Wasser aus einem Schlauch, der mit der großen

Wassertonne verbunden war. Dann holte er die Wasserpumpe, stellte sie in den Zuber und befestigte sie mit einem Riemen, sodass sie fest mit dem Zuber verbunden war. Er stellte zwei Schemel auf, die gegenüber dem Zuber standen, und prüfte die Handhabung der Pumphebel. Es passte. So konnten zwei Personen gleichzeitig den Hebel betätigen und die Pumpe würde einen starken Wasserstrahl erzeugen.

Er nahm das Thermometer von der Wand und ging einige Schritte vom Haus weg. Mit der rechten Hand ergriff er das Ende des Lederbandes und begann, das Thermometer mit einer schnellen Umdrehung im Kreis zu schleudern. Nach etwa 15 Sekunden fing er es ab und blickte auf die Skala: 1,5 Grad plus. *Es wird kälter*, dachte Großvater Ning. Die Messung war genauer, wenn man in der beschriebenen Weise vorging.

Er ging ins Haus, wo das Teewasser inzwischen siedete. Er bereitete eine Teekanne vor und goss das siedende Wasser auf. Dann nahm er eine Schale und füllte sie mit Reis, Gemüse und etwas Ente, das war heute sein Frühstück. Dazu trank er eine Tasse grünen Tee.

Er legte noch zwei Holzscheite in den Ofen und riegelte die Luftzufuhr etwas ab. Sie mussten mit Brennholz sparen, Brennholz benötigten sie das ganze Jahr über, da sie den Herd zum Kochen verwendeten. Zwar konnten sie durch den Solarboiler einiges einsparen, aber Feuer mussten sie trotzdem machen.

Die Wälder rund um das Dorf waren alle längst abgeholzt, man hatte zwar schnell wachsende Pappeln nachgesetzt, aber ihr Holz war minderwertig, es brannte wie Papier. Manchmal ging einer der älteren Birnbäume ein, was für Großvater Ning einen großen Verlust bedeutete. Aber er gewann dem Schaden auch einen Nutzen ab, denn das Holz des Birnbaumes war hart, es brannte lange und gab dabei viel Wärme ab. Um das

28

chinesische Neujahrsfest, wenn es bei ihnen auch sehr kalt wurde, war es wichtig, gutes Holz zu besitzen.

Großvater Ning sammelte deshalb alles Brennbare, das ihm seine kleine Landwirtschaft abwarf. Im Herbst hatte er die abgefallenen Blätter seiner Birnbäume eingesammelt und zum Trocknen im Speicher gelagert. Die getrockneten Blätter ersetzten das Papier beim Anheizen des Ofens. Das wenige Papier, das die Familie von Zeit zu Zeit bekam, wurde für selbst gemachte Papiertüten verwendet, in die Großmutter Hui ihre Produkte einschlug, wenn sie diese am Markt verkaufte.

Nach dem Neujahrsfest hatte Großvater Ning seine Birnbäume geschnitten. Am Ende des Winters musste die Kraft des Obstbaumes auf die Entwicklung zahlreicher Blüten und die spätere Ausbildung gesunder Früchte konzentriert werden. Großvater Ning entfernte deshalb diejenigen Zweige und Äste, die während des vergangenen Sommers zu stark nachgewachsen waren. Durch dieses „Auslichten" der Baumkronen wurden auch Krankheiten an den Bäumen verhindert, da sie nach einem Regen wieder gut von der Sonne getrocknet werden konnten.

Großvater Ning schnitt auch Äste, die nach innen gewachsen waren und dadurch verursachten, dass andere Äste oder Zweige nur wenige bis gar keine Blüten bilden konnten, direkt am Ansatz des Baumstammes ab.

Bei Ästen und Zweigen, die dicht nebeneinander wuchsen, schnitt er einen davon ab, auch solche, die sich überkreuzten, wurden entfernt. Gleiches galt für Äste, die geradewegs nach oben zeigten, diese trugen ohnehin kaum Früchte und verbrauchten nur unnötig die Kraft des Baumes, der ja möglichst viele gesunde Birnen tragen sollte.

Manchmal war ein ganzer Ast abgestorben und auch solche Äste wurden entfernt. Für Großvater Ning bedeutete es immer einen großen Verlust, wenn ein guter Ast abgestorben war.

Die abgeschnittenen Äste und Zweige zerkleinerte Großvater Ning in kurze Stücke. Die Zweigstücke wurden zusammen mit den getrockneten Blättern zum Anheizen verwendet, die größeren Teile der Äste waren wertvolles Hartholz zum Heizen.

Sie hätten auch mit elektrischem Strom kochen können, aber es gab keinen Starkstrom und die beiden kleinen Kochplatten brauchten sehr lange, bis sie warm wurden – elektrischer Strom war außerdem viel teurer als Holz.

Unten im Dorf hatte man vor zwei Jahren eine Biogasanlage gebaut, sie sollte mit Abfällen aus der Landwirtschaft betrieben werden, aber die Sache funktionierte nicht so, wie sich die Bezirksverwaltung das vorgestellt hatte. Meist gab es zu wenige Abfälle, denn hier auf dem Lande gab es eigentlich gar keinen „Abfall". Alles wurde irgendwie weiterverwertet, deshalb stand die Anlage oft still. Und wenn sie Gas lieferte, so war dieses Gas von schlechter Qualität, es enthielt zu viel Schwefel, der beim Verbrennen übel roch und zudem die Töpfe zugrunde richtete, der Schwefel fraß sie richtig auf. Und auch die Menschen litten an den Schwefelgasen, die sich in ihre Lungen fraßen.

Apropos Lungen: Großvater Ning verspürte jetzt Lust, sich seine Pfeife anzustecken, gestern hatte er wegen der Arbeit keine geraucht. Er holte seine Meerschaumpfeife und den Tabakbeutel aus „seiner" Lade und stopfte sich eine Pfeife. Er blickte auf die Uhr, es war gleich 5 Uhr morgens, Zeit für eine Temperaturmessung.

Er wiederholte den Schleudervorgang und das Thermometer zeigte 1 Grad plus. *Jetzt ist es bald so weit*, dachte er, doch es blieb noch genug Zeit für eine halbe Pfeife.

Er setzte sich auf die Bank an der Hauswand und zündete seine Pfeife an. Sein Blick wanderte über den sternklaren Himmel, im Westen stand der Vollmond und tauchte die Landschaft in sein fahles, kaltes Licht.

30

Unten aus dem Dorf hörte Großvater Ning das schwere Hämmern eines Tuk-Tuks, eines jener dreirädrigen Gefährte, die einige Bauern im Dorf besaßen und welche die Aufgabe der Maulesel langsam, aber sicher immer mehr übernahmen. Die kalte Luft brachte den Einzylinder-Dieselmotor zum Husten, der Lichtkegel des Scheinwerfers bog um eine Kurve, das Motorengeräusch wurde leiser, man hörte wieder das leise Quietschen der Wasserräder vom Fluss heraufdringen. Diese Wasserräder befanden sich jeweils am Ende eines kleinen Kanals, der vom Fluss abbog. Das Ende des Kanals markierte ein Wehr, über welches das Wasser nach unten fiel. Durch dieses kleine Gefälle wurden die Schöpfräder angetrieben und hoben das Wasser zu einer Rinne, in die es hineinfiel. So gelangte das Wasser zu den höher gelegenen Gemüsefeldern. Diese Anlagen fanden sich in regelmäßigen Abständen am Fluss und man benötigte keinen Benzin- oder Elektromotor für diese Pumpen, sie liefen nur mit der Kraft des Wassers.

Bei Hochwasser wurde der Kanal vom Fluss abgesperrt, sodass nur mehr wenig Wasser durch ihn fließen konnte. Leider hatten in den letzten Jahren die Hochwässer stark zugenommen und waren dabei auch immer heftiger geworden, was zur Folge hatte, dass viele Wasserräder beschädigt oder gar zerstört worden waren.

Großvater Ning gab der Abholzung von Wäldern die Schuld daran, denn dadurch konnte das Wasser nicht mehr im Wald gespeichert werden. Und es gab jetzt auch mehr starke Murenabgänge, letztes Jahr waren zwei Häuser im Dorf von einer Mure verschüttet worden.

Er hörte das Klappern von Geschirr aus dem Haus, Großmutter Hui war wohl in der Küche und bereitete das Frühstück für die Frauen vor.

Er öffnete die Haustüre, sah seine Vermutung bestätigt und

sagte zu Großmutter Hui: „Bald haben wir 0 Grad, in einer halben Stunde werden wir wohl anfangen müssen, dann ist es 6 Uhr." Sie nickte und Großvater Ning schloss die Türe.

Er streckte sich und machte sich auf den Weg zur Latrine, die etwa 40 Meter vom Haus entfernt war. Hier auf dem Land gab es kein WC, ihre Notdurft verrichteten die Menschen auf einem Plumpsklo.

Das war eine einfache Bretterbude mit einer Öffnung in der Mitte, die Großvater Ning mit einem einfachen Holzdeckel verschlossen hatte. Am Holzdeckel befand sich ein ebenso einfacher Griff, um den Deckel anheben zu können. Man hockte sich rückwärts an das Loch, seitlich befand sich ein Handlauf, damit man sich festhalten konnte. Der Rest war gutes Zielen.

Wenn jemand mit seinem „Geschäft" fertig war, verwendete er die linke Hand zur Reinigung. Dazu stand immer ein Eimer mit Wasser bereit. Schließlich nahm man eine kleine Schaufel und verteilte damit gebrannten Kalk auf dem „Geschäft". So wurde verhindert, dass sich der Geruch zu stark ausbreitete, vor allem im Sommer, wenn es heiß war, konnte es ganz schön stinken!

Jetzt war die Latrine fast leer, Großvater hatte sie noch vor dem Neujahrsfest ausgeleert. Die Latrine war eine Erdmulde, die Großvater Ning mit einer etwa 30 Zentimeter dicken Lehmschicht ausgekleidet hatte. An der tiefsten Stelle war eine Rinne modelliert, in der ein dickes Bambusrohr lag, das Großvater wie bei einer Flöte an der Oberseite mit Löchern versehen hatte.

Durch diese Löcher rannen die flüssigen Anteile des „Geschäfts" ab und gelangten in eine tiefer gelegene Senke, in der Schilf und andere Pflanzen wucherten. Nur wenn es länger regnete, füllte sich die Senke mit Wasser, das allerdings nicht stank. Die Pflanzen reinigten das Abwasser und gediehen dabei prächtig. Das Schilf verwendete Großvater Ning für verschiedene Zwecke und erntete es mindestens einmal im Jahr, wenn es grün war. Dadurch wurden der Senke die Nährstoffe entzogen, die sich in der Pflanze befanden. Die festen Bestandteile des „Geschäfts" entfernte Großvater Ning im Winter, was zwei Gründe hatte:

Erstens stank es im Winter viel weniger, und weil er wartete, bis es richtig kalt wurde, konnte er den „Kuchen", wie er es nannte, direkt mit einer Säge herausschneiden, weil der „Kuchen" leicht angefroren war. Dazu entfernte er ein massives Brett aus Eichenholz und konnte so von der Seite die Latrine ausheben.

Das Eichenbrett hielt leicht mehr als zehn Jahre, bis es angemorscht war, auch das Bambusrohr war sehr hart und widerstandsfähig.

Den „Kuchen" verteilte Großvater Ning zusammen mit dem Mist der Hühner, der Schweine, der Kuh und des Maulesels auf den Gemüsefeldern, dazu mengte er Holzasche und kleine Tonscherben, die von zerbrochenen Tontöpfen stammten.

Zerbrach ein Tontopf, wurde er nicht einfach weggeschmissen, Großvater Ning zerklopfte ihn mit einem Hammer in kleine Scherben. Diese konnten die Feuchtigkeit im Boden der Felder besser halten. Das ganze Gemenge wurde auf den Feldern verteilt und später in den Boden eingestochen, wo es dem Gemüse als kostbarer Dünger diente. So wurde alles einem nützlichen Kreislauf zugeführt, Recycling war eine Erfindung der chinesischen Bauern!

Großvater Ning hatte seine Pfeife fertig geraucht, er klopfte die Asche in die Latrine und steckt seine Meerschaumpfeife in die Jackentasche. Als er beim Haus ankam, hörte er die Frauen in der Küche schwatzen.

Er nahm zum dritten Mal sein Thermometer zur Hand und

33

schleuderte es gekonnt durch die Luft. Im Osten wurde es jetzt langsam hell, es würden aber noch etwa eineinhalb Stunden vergehen, bis die Sonne auf das Haus und die blühenden Birnbäume scheinen würde. Minus 1,5 Grad! Die Temperatur war jetzt rasch gefallen, bei minus 2 Grad mussten sie ihr Werk beginnen!

Er betrat das Haus. „Habt ihr schon gefrühstückt?", fragte er Juan und Lian. „In ein paar Minuten ist es so weit, zieht euch was Warmes an, Handschuhe und Mütze nicht vergessen!"

„Alles vorbereitet, wir kommen gleich", antwortete Juan.

Wenig später waren alle vor dem Haus, Großmutter Hui hatte sich eine Decke mitgenommen und legte sie auf einen der Schemel, die Großvater Ning an den Wasserzuber, worin sich die Pumpe befand, gestellt hatte. Juan nahm den langen Wasserschlauch mit der Spritzdüse zur Hand und prüfte den Düsenregler, ein Metallhebel, der mit einer Feder verbunden war.

Damit konnte man regulieren, ob man nun breit und kurz oder schmal und weit sprühen wollte.

Lian sah ihrem Großvater zu, wie er ein letztes Mal das Thermometer schleuderte. „Minus 2 Grad!", rief Großvater Ning. Ohne ein weiteres Wort verschwanden er, Großmutter Hui und Mutter Juan im Haus, trugen die großen, mit nunmehr heißem Wasser gefüllten Töpfe hinaus und stellten sie unter die fünf Birnbäume, die am weitesten vom Haus entfernt waren. Dann öffneten sie die Deckel und Lian sah eine Wolke aus Wasserdampf zu den Bäumen aufsteigen. Nach kurzer Zeit waren die unteren Äste und deren Blüten mit einer dünnen Reifschicht bedeckt.

Lians Mutter ergriff den Schlauch mit der Sprühdüse, ihre Großeltern hatten sich auf die Schemel an der Wasserpumpe gesetzt und zu pumpen begonnen.

Juan war auf die Leiter an dem zweiten Birnbaum gestiegen

34

und sprühte einmal nach links auf den ersten, dann wieder nach rechts auf den dritten Baum.

Während Lian die wundersame Eisbildung an den besprühten Bäumen bewunderte, rief Großvater Ning: „Lian, lauf in die Küche und hole den kleinen Topf mit heißem Wasser!"

Als Lian zurückgekehrt war, rief ihre Mutter nach ihr: „Komm mit dem Wasser zu mir her, Lian!"

Juan tauchte die Sprühdüse kurz in das heiße Wasser und stieg nun auf den fünften Baum, von dem aus sie den vierten und den sechsten besprühte. Danach hastete sie zum ersten Baum zurück und besprühte den zweiten, wieder hinauf auf den zweiten und immer so weiter. Dazwischen rief sie immer wieder nach Lian und dem Topf mit heißem Wasser, um die Sprühdüse hineinzutauchen. Später erfuhr Lian, dass die Sprühdüse nach einiger Zeit vereiste. Damit sie wieder funktionierte, musste man sie in heißes Wasser tauchen.

Inzwischen war mehr als eine Stunde vergangen, alle Blüten waren mit einer dünnen Eisschicht überzogen, trotzdem musste weiter gesprüht werden. Lian hatte inzwischen ihre Großmutter an der Pumpe abgelöst, Großmutter war in die Küche gegangen und mit dem gefüllten Aschebehälter zurückgekehrt. Die heiße Asche verteilte sie nun unter jenen Birnbäumen, unter denen keine Töpfe mit heißem Wasser standen.

Das Wasser ging langsam zur Neige, doch in diesem Augenblick trafen die ersten Sonnenstrahlen die Birnbäume und das Haus ihrer Großeltern.

„Wir haben es geschafft!", rief Großvater Ning. „Ein paar Minuten noch, dann können wir aufhören zu sprühen!"

Tatsächlich schmolz das Eis an den Blüten nach wenigen Minuten dahin und tropfte zu Boden.

Nachdem sie gemeinsam die Gerätschaften weggeräumt

hatten, tranken sie in der Küche frischen Tee und aßen die verbliebenen Reste des gestrigen Festmahls auf.

Warum sie die Birnbäume mit Wasser besprüht und Töpfe mit heißem Wasser unter einige Bäume gestellt hatten, wurde Lian klar, als ihr Großvater das Prinzip erklärte.

Er nannte es „Frostberegnung" und es beruhte auf dem unterschiedlichen Energiegehalt von flüssigem und gefrorenem Wasser: „Flüssiges Wasser enthält mehr Wärme als gefrorenes. Dies bedeutet, dass ein Teil der Wärme während des Gefrierens an die Umgebung abgegeben wird. Die freigesetzte Wärme schützt die Blüten. Diese werden aber nur dann erfolgreich geschützt, wenn ständig neues Wasser gefriert. Daher wird die Beregnung erst dann eingestellt, wenn der Tag anbricht und die Lufttemperatur durch die Sonne allmählich höher wird."

Deshalb auch die Töpfe mit warmem Wasser unter den fünf Birnbäumen und später dann die heiße Asche, welche einen Teil des Eises, das sich an den Blüten gebildet hatte, schmolz und so Wärme um die Blüten freisetzte.

Während Großvater ihr das alles erklärt hatte, waren Wolken am Himmel aufgezogen.

„Nach Vollmond stellt sich das Wetter oft um", bemerkte er. „Gestern war Vollmond mit einer sternklaren und kalten Nacht. Heute Nacht und morgen früh werden uns die Wolken vor Morgenfrost schützen, wir brauchen nicht mehr zu sprühen."

Die Sonne war inzwischen fast vollständig hinter den Wolken verschwunden, nur manchmal blinzelte sie kurz dazwischen hervor. Es war kühl, aber nicht kalt und Großvater sagte zu Lian: „Heute musst du nur einmal zur Quelle hinunter, um Wasser zu holen, deine Mutter, Großmutter und ich werden Blütenstaub einsammeln. Weil die Sonne nicht scheint, werden wir ihn im

36

Hause trocknen müssen. Morgen können wir dann hoffentlich mit dem Bestäuben der restlichen Birnbäume fortfahren."

Lian war sehr froh, dass sie heute nur die übliche Menge an Wasser von der Quelle holen musste. Nach getaner Arbeit nahm sie ihr Buch über die Bienen zur Hand und begann zu lesen.

3. Die Bienenkönigin und ihr Gefolge

Lian betrachtete das Bild auf dem Einband ihres Buches. Es zeigte die Bienenkönigin mit einer kleinen Krone auf dem Kopf, umringt von unzähligen kleineren Bienen. Lian erfuhr alsbald, dass diese Bienen „Arbeiterinnen" seien, die sich um das Wohl der Königin und des Bienenstaates kümmerten. Während die älteren Arbeiterinnen ausflogen, um Blütenstaub zu sammeln, versorgten die jüngeren Arbeiterinnen die Honigwaben und kümmerten sich unablässig um die Bienenlarven. Diese Bienenlarven waren gewissermaßen die Bienenkinder, die aber noch gar nicht wie Bienen ausschauten.

Die Bienenkönigin hatte nichts anderes zu tun, als unablässig Eier zu legen, aus denen dann die Larven schlüpften.

So entstanden laufend neue Bienen, und das war auch notwendig, denn eine Bienenarbeiterin lebte nur etwa sechs Wochen, dann musste sie sterben. Dabei durfte sie erst nach 21 Tagen ausfliegen, um Pollen und Nektar zu sammeln.

Was für ein kurzes Leben, dachte Lian.

Anders die Königin. Diese lebte bis zu fünf Jahre lang und konnte in dieser Zeit fast eine Million Eier legen! An manchen Tagen im Sommer über 2.000 pro Tag, das war mehr als ihr eigenes Gewicht.

Lian las weiter, dass in einem Bienenvolk neben der Königin und den Arbeiterinnen auch Wächterbienen und sogenannte „Drohnen", das sind die männlichen Bienen, lebten.

Und manchmal käme eine zweite Königin zur Welt, dann verlasse die alte Königin mit Tausenden älteren Bienen das Bienenvolk, um einen neuen Bienenstaat zu gründen. Diesen Vorgang nenne man „Schwärmen". Die neue Königin bliebe mit den jüngeren Bienen im alten Stock und sorge hier für reichlich Nachwuchs.

Lian blickte von ihrem Buch auf und stellte sich in Gedanken vor, wie ein solches Schwärmen wohl aussehen möge. Sie malte sich das laute Summen der Tausende Bienen aus, die dicht um ihre Königin durch die Luft flogen, um sich dann an einem Ast niederzulassen, wo sie wie eine Traube hingen, jede Biene an ihre Nachbarin geklammert.

Am meisten war Lian aber von der Sprache der Bienen beeindruckt. Sie sprachen natürlich nicht wie die Menschen, sie tanzten!

Wenn eine Biene ausgeflogen sei und blühende Bäume oder Blumen entdeckt habe, kehre sie zum Bienenstock zurück und teile allen anderen Arbeiterinnen mit, wo sich diese befänden und wie viel dort zu holen sei.

Befänden sich die Blüten in der Nähe, in einem Umkreis von ca. 50 Metern rund um den Bienenstock, vollführe die Biene den sogenannten „Rundtanz": Sie laufe auf der senkrechten Wabe aufgeregt im Kreis, immer abwechselnd rechts und wieder links herum. Je größer die Anzahl der gefundenen Blüten sei, desto temperamentvoller und ausdrucksvoller wäre dabei ihr Tanz. Dann würden alle anderen losfliegen und im Umkreis von 50 Metern so lange suchen, bis sie den entsprechenden Ort gefunden hätten.

Der Rundtanz versage bei weiter entfernten Nahrungsquellen. Dafür gäbe es den komplizierteren „Schwänzeltanz": Die Biene tanze dazu Halbkreise, unterbrochen von geradlinigen Läufen, bei denen sie ihren Hinterleib rasch hin und her zucken lasse. Bei diesen Schwänzelgeraden kehre sie jedes Mal wieder zurück zum Startpunkt des zuvor getanzten Halbkreises. Die Biene informiere dadurch ihre Schwestern über Entfernung und Richtung der Nahrung bis auf wenige Meter genau! Je weiter der Ort entfernt sei, umso langsamer würde getanzt.

Lian war fasziniert! Sie las noch einmal die Beschreibung der Bienensprache und versuchte sich vorzustellen, wie die

Biene es fertigbrachte, ihren Schwestern die Richtung und Entfernung anzugeben, in der sie die Blüten gefunden hatte.

In diesem Moment hörte Lian die klare, klingende Stimme ihrer Mutter und lauschte dem Lied, das sie angestimmt hatte:

Die Birnbäume blühen und die Blumen am Rain.
Werden bald Bienen zu sehen sein?
Da ist schon eine, fliegt von Baum zu Baum!
Im Nu ihre Beine ganz gelb anzuschaun!

Summ summ summ summ summ summ
Summ summ summ summ summ summ
Summ summ summ summ summ summ
Summ summ summ summ

Dann fliegt sie nach Hause zu ihrem Volk,
dort wird sie tanzen, zeigt so den Erfolg.
Blühende Bäume und Blumen gibt's dort!
Gleich werden sie suchen beschriebenen Ort.

Summ summ summ summ summ summ
Summ summ summ summ summ summ
Summ summ summ summ summ summ
Summ summ summ summ

Hörst du das Summen, das näher kommt?
Es schwillt an zum Brummen – und jetzt sind sie da!
Es sind so viele, eine riesige Schar!
Sie sammeln den Pollen und trinken Nektar.

Summ summ summ summ summ summ
Summ summ summ summ summ summ

Summ summ summ summ summ summ
Summ summ summ summ

Und die Blüten lassen die Bienen gewähren,
wird doch jede dafür eine Birne gebären.
Im Bienenstock füllen sich Waben
mit Pollen, den sie zusammengetragen.

Summ summ summ summ summ summ
Summ summ summ summ summ summ
Summ summ summ summ summ summ
Summ summ summ summ

Verschlossen mit Wachs der fleißigen Bienen
reift eine Kostbarkeit in ihnen.
Es ist der Honig, so süß und lind!
So süß und wertvoll wie du, mein Kind!

Summ summ summ summ summ summ
Summ summ summ summ summ summ
Summ summ summ summ summ summ
Summ summ summ summ

Lian war vor die Tür getreten, wo ihre Mutter und ihre Großeltern Blütenstaub von den Birnblüten sammelten.

„Sing es noch einmal, Mama!", rief Lian. Ihre Mutter lächelte
und begann aufs Neue, das Lied zu singen. Lian summte alsbald
die Melodie mit, und nach ein paar weiteren Wiederholungen
hatte sie sich auch den Text des Liedes gemerkt.

Am späteren Nachmittag hatten Großvater Ning, Großmutter
Hui und Lians Mutter genügend Blütenstaub gesammelt, der
jetzt im Haus über Nacht getrocknet werden musste. Während

die Frauen noch Hausarbeit erledigten und mit der Vorbereitung des Abendessens beschäftigt waren, schaltete Großvater Ning den kleinen Schwarz-Weiß-Fernseher ein, um die Nachrichten und den anschließenden Wetterbericht zu sehen.

Der Fernseher war das einzige moderne Gerät im Haushalt, wenngleich ein derartiges Modell schon Museumsreife besaß. Früher hatten sie nur ein altes Radio.

Es gab weder einen Kühlschrank noch eine Waschmaschine, keinen Staubsauger oder Mixer. Von vielen Dingen, die in der großen Stadt in jedem Haushalt zu finden waren, wusste Großvater Ning nur aus der Werbung im Fernsehen, mit eigenen Augen hatte er sie noch nie gesehen!

„Morgen wird es regnen", sagte Großvater Ning, mehr zu sich selbst als zu den anderen. Damit war klar, dass sie morgen nicht mit der Bestäubung der Birnbäume fortfahren konnten.

Er würde die Zeit wohl dazu nutzen, den Dünger in den Boden einzuarbeiten.

Lians Mutter beschloss daraufhin, dem Krankenhaus Bescheid zu geben, dass sie morgen wieder zum Dienst erscheinen werde.

Sie zog ihre Jacke an und machte sich auf den Weg zu einer kleinen Kuppe, die etwa einen halben Kilometer vom Haus entfernt war. Sie besaß ein Diensthandy, das aber nur an der besagten Stelle funktionierte, sonst gab es im Ort und weit darum herum ein Funkloch.

Erst nach einigen Sekunden war die Verbindung aufgebaut, es meldete sich die diensthabende Schwester von ihrer Station. Lians Mutter schilderte ihr die Lage und erhielt zur Antwort, dass sie erst morgen Nachmittag zum Dienst erscheinen solle.

Das traf sich gut, denn so konnte sie am Vormittag in der Stadt noch einige Erledigungen machen, die sie schon lange vorgehabt hatte.

Als sie ins Haus zurückkehrte, war Großmutter Hui mit dem Abendessen bereits fertig. Heute gab es wieder normale Kost: Gemüse, dazu Nudeln mit Soße. Lediglich von den eingelegten Birnen von gestern war noch etwas übrig geblieben, die süßlichen Knödel waren aber heute ziemlich fest und nicht so herrlich flaumig wie am Vortag.

Nach dem Abendessen entspannte sich Großvater Ning mit einer Pfeife, dazu ging er nach draußen.

Seit Lian auf der Welt war, rauchte er nicht mehr im Haus. Eigentlich hatte es ihm Großmutter Hui untersagt, nach anfänglichen Protesten seinerseits hatte er sich auch gefügt.

Heute war es für ihn ganz selbstverständlich, und er schätzte es ebenfalls, dass es im Haus nicht mehr nach Tabakrauch roch.

Während ihre Großeltern und auch ihre Mutter sehr entspannt wirkten, war Lian in ihrem Inneren aufgewühlt und voller Fragen, die sie gerne Großvater Ning gestellt hätte.

Sie versuchte herauszufinden, ob sie die Fragen jetzt stellen dürfte, ohne ihn zu verärgern. Sie beobachtete verstohlen seine Miene und erkannte den gütigen Blick seiner Augen, als er sie unverwandt anblickte. In seinem wettergegerbten Gesicht funkelten sie aus unzähligen Lachfalten heraus und sie hörte ihn fragen:

„Du möchtest wissen, warum es bei uns keine Bienen mehr gibt, hab ich recht?"

Lian nickte mehrmals mit dem Kopf. *Er kann meine Gedanken lesen*, dachte sie.

„Ich werde dir erzählen, wie es dazu gekommen war", sagte Großvater Ning und begann mit einer Geschichte aus seiner Kindheit.

„Als ich noch ein Kind gewesen bin, gab es Krieg in unserem Land. Die Japaner sind in China einmarschiert und haben den

44

Osten unseres Landes besetzt. Mein Vater, dein Urgroßvater, musste in den Krieg ziehen, ich war dazu noch zu klein.

Ich musste meinem Großvater, der noch den Kaiser erlebt hatte, bei der Arbeit zu Hause helfen. So ist es allen Bauern ergangen, die jungen Männer mussten in den Krieg, nur die Alten und die Kinder durften zu Hause bleiben.

Dein Urgroßvater ist aus dem Krieg nicht mehr nach Hause zurückgekehrt, er ist irgendwo zu Tode gekommen, wir haben nie wieder etwas von ihm gehört.

Die Japaner haben Gott sei Dank den Krieg verloren, doch sie haben unserem Volk Schreckliches angetan. Millionen sind zu Tode gekommen, viele wurden gefoltert.

Dann haben sich die Chinesen noch gegenseitig bekriegt, bis schließlich Mao Zedong den Machtkampf gewonnen hatte."

Lian wurde nervös. Sie wusste, wenn Großvater auf Mao Zedong zu sprechen kam, dann erzählte er über alle möglichen Dinge, nur nicht über die Bienen. In der Schule hatte sie viel über Mao Zedong gelernt, er war der große Vorsitzende der Partei und sein Bild hing immer noch im Klassenzimmer, obwohl er schon so lange tot war.

Sie wagte es, Großvater Ning zu unterbrechen. Er schaute sie etwas verdutzt an und murmelte: „Hast ja recht, Lian, überspringen wir die Politik." Nach einer kurzen Pause, in der Großvater Ning sich überlegte, wie er fortfahren sollte, erzählte er weiter.

„Es sollte eine bessere Zeit kommen, aber es wurde nicht besser. Mao Zedong wollte China modernisieren, es wurden verschiedene Programme ausgerufen, speziell in der Landwirtschaft und der Industrie.

Wieder mussten viele Bauern ihre Felder verlassen, um in den Fabriken zu arbeiten. Zurück blieben auch diesmal die Alten und Kinder. Und weil es zu wenige Arbeitskräfte für die

Felder gab, kam es zu großen Hungersnöten, viele Tausende sind gestorben.

Man hat den Vögeln, besonders den Spatzen, die Schuld daran gegeben, dass es zu wenig zu essen gab. Die Spatzen würden zu viel Getreide fressen, deshalb sollten sie ausgerottet werden. Alle, auch Kinder, mussten sich daran beteiligen. Die Vorgehensweise war einfach: Die Vögel wurden daran gehindert, sich auszuruhen.

Überall wurden sie aufgescheucht, besonders nachts mussten wir mit Töpfen und Pfannen Lärm schlagen, damit sich die Vögel von ihren Schlafplätzen erhoben und so lange durch die Luft flogen, bis sie an Erschöpfung gestorben sind. Die toten Vögel haben wir dann am Tag eingesammelt, um unseren Erfolg vorweisen zu können.

Doch schon bald hat sich herausgestellt, dass die Spatzen auch unzählige Insekten fressen, denn diese haben sich plötzlich ohne die Spatzen massenhaft vermehrt und noch viel mehr Schaden angerichtet als vermeintlich die Vögel. Und in unseren Betten wimmelte es vor Wanzen.

Jahre später hat man den Bauern aufgetragen, mit Gift gegen die Schädlinge auf den Feldern vorzugehen. Es wurden Giftspritzen und Gift verteilt, man hat uns gezeigt, wie wir es machen müssten. Dazu sagten sie uns, dass wir neue Sorten von Gemüse und Getreide anpflanzen sollten, da diese mehr Erträge bringen würden. Gleichzeitig mussten wir mehr von einer Sorte anbauen, da von vielen Nutzpflanzen im ganzen Land eine bestimmte Menge geerntet werden sollte, sie nannten das „Plansoll".

So taten wir wie geheißen, spritzen Gift gegen Insekten und Unkraut und bauten jene Früchte auf unseren Feldern an, die sie uns vorgeschrieben hatten.

Schon bald haben die Bauern gemerkt, dass die Bienen krank geworden sind und jedes Jahr weniger wurden. Wieder sind

46

die Beamten gekommen und haben uns gesagt, es sei eine Milbe, die die Bienenvölker befallen habe, und wir sollten sie mit einem Gift gegen die Milben behandeln. Aber im darauffolgenden Winter sind im ganzen Tal alle Bienenvölker gestorben. Wir hätten den nächsten Sommer fast keine Birnen gehabt, wären nicht die Hummeln gewesen, die die Aufgabe der Bienen zumindest teilweise ersetzten. Und wir hatten keinen frischen Honig mehr!"

Lian wusste aus ihrem Buch, dass die Bienen es waren, die den Honig herstellten, wie es auch ihre Mutter in dem Lied gesungen hatte. Sie hatten Honig im Haus, er war hart und zäh zugleich. Großmutter erwärmte immer einen oder zwei Löffel voll ganz vorsichtig, dann wurde er flüssig und schmeckte köstlich wie am ersten Tag.

Großmutter sagte: „Honig ist wie Medizin und er verdirbt nicht." Sie gab Lian nur davon, wenn sie Halsschmerzen oder Husten hatte, sonst, sagte sie, sei er zu wertvoll.

Großvater Ning schwieg einen Augenblick, diesen kurzen Moment nutzte Lian sofort für eine Frage.

„Aber heute gibt es doch wieder Spatzen, Großvater, warum dann keine Bienen?"

„Die Spatzen haben sich wieder erholt, es ist ja auch schon lange her, dass wir ihnen so nachgestellt haben. Bei den Bienen war das anders, die haben wir wahrscheinlich alle vergiftet. Aber dann war da noch etwas, eigentlich genauso schrecklich wie das Sterben der Bienen."

Lian klappte das Kinn nach unten, mit offenem Mund starrte sie ihren Großvater an. *Noch etwas Schreckliches?*, fragte sie sich und sagte dann: „Was, Großvater, was?"

„Nach einigen Jahren sind auch viele bunte Blumen verschwunden, weil die Bienen sie nicht mehr bestäubt hatten. Die meisten davon hast du noch nie gesehen!"

47

Lian war verstört, als ihr Großvater erklärte, dass viele Blumen nur ein Jahr lang lebten, andere nur zwei Jahre. Damit diese Blumen im nächsten Jahr wieder blühten, mussten sie von den Bienen bestäubt werden, um Früchte zu tragen – man nannte diese Früchte die „Samen". Diese Samen würden vom Wind verteilt und mit Glück wuchs im nächsten Jahr daraus wieder eine Blume.

„Als all die Blumen verschwunden waren, wurde mir klar, dass die Bienen nie mehr zurückkommen würden", seufzte Großvater Ning, „denn die Bienen brauchen viele verschiedene Blüten, die sie besuchen können. Es muss immer irgendwo etwas blühen, nur so bleiben sie stark und gesund."

Großvater Ning schwieg und auch alle anderen sagten kein Wort. Im Ofen hörte man das leise Knistern des Feuers, bis Lian schließlich fragte:

„Warum holen wir die Blumen nicht zurück, dann können die Bienen auch wieder bei uns leben, Großvater?"

Großvater Ning schaute sie verblüfft an. Seine Enkelin hatte den Kern des Problems erkannt, das wurde ihm augenblicklich klar. Doch im nächsten Moment überkam ihn die Erkenntnis, dass dies eigentlich nicht machbar sei. Woher sollten die Blumen kommen? Und gleichzeitig würde man auch ein Bienenvolk benötigen, um die Blumen weiter zu vermehren!

Niemand im Dorf hatte je daran gedacht, auf diese Weise dafür zu sorgen, dass wieder Bienen die Arbeit der Bestäubung übernehmen könnten.

Er würde im nächsten Jahr seinen achtzigsten Geburtstag feiern, und er spürte, dass sein Körper die Anstrengungen nicht mehr lange durchhalten würde. Wer würde die kleine Landwirtschaft weiterführen, wenn er und Großmutter Hui die Arbeit nicht mehr bewältigen konnten? Juan arbeitete im Krankenhaus in der Bezirkshauptstadt, ihr Mann war Wanderarbeiter und Lian war noch viel zu klein. Außerdem würde

48

sie im nächsten Schuljahr auch die höhere Schule in der Stadt besuchen, dann könnte sie nicht einmal mehr Wasser holen oder ihm und Großmutter Hui sonst zur Hand gehen.

Entmutigt sackte er in seinem Stuhl zusammen, da hörte er seine Tochter sprechen:

„Warum besucht ihr beiden nicht Onkel Kang? Vor der Regenzeit könntet ihr hingehen, dann ist die Arbeit vorerst getan."

Großvater Ning setzte sich wieder auf, wandte sich Juan zu und erwiderte:

„Eine sehr gute Idee, Juan, das werden wir machen!"

Sein Bruder Kang lebte etwa drei Tagesmärsche entfernt in den Bergen – und er war Imker! Seit sie hier keinen Honig mehr hatten, schickte ihnen Kang jedes Jahr drei Gläser mit Honig, jedes Glas enthielt dabei einen anderen. Da gab es den Frühblütenhonig, der hell war und fein duftete, dann den Waldblütenhonig, dunkelbraun in der Farbe, kräftig im Geschmack, und dann noch den Kastanienhonig, hellbraun und bittersüß.

Als Gegenleistung schenkte Großvater Ning seinem Bruder Birnen, von den frischen Früchten über in Sirup eingelegte Birnen bis hin zu getrockneten Birnen.

Lian war ganz aufgeregt und rutschte auf der Bank hin und her.

„Wann gehen wir, Großvater, wann?", fragte sie.

„In einem Monat etwa, ich werde an Onkel Kang einen Brief schreiben, dass wir ihn gerne besuchen möchten. Dann müssen wir warten, wann es ihm passt, er hat ja auch jede Menge Arbeit mit seinen Bienen."

Lian wusste nicht, dass Onkel Kang Imker war, sie hatte bis gestern auch nicht gewusst, dass es überhaupt Bienen gab, alles war so völlig neu!

Sie war aufgesprungen und holte aus einer Lade Papier und Bleistift, beides legte sie vor Großvater auf den Tisch.

Er lachte: „Du kannst es wohl nicht erwarten, Lian. Gut, ich werde sofort den Brief an Onkel Kang schreiben!"

Bedächtig und etwas wackelig setzte er die Schriftzeichen auf das Papier, Lian blickte ihm dabei über die Schulter.

Als er den Brief fertig geschrieben hatte, wandte er sich an Juan und bat sie, den Brief morgen in der Bezirkshauptstadt zur Post zu bringen, da er kein Kuvert zur Hand hatte. Sie nickte und nahm an der Freude ihrer Tochter teil, die ausgelassen durch die Küche hüpfte und dabei sang: „Wir werden Onkel Kang besuchen, wir werden Onkel Kang besuchen …"

4. Onkel Kang

Jeden Tag nach der Schule ging Lian zum Gebäude der Dorfverwaltung, wo sich auch eine zentrale Posteinlaufstelle befand. Sie wartete auf Antwort von Onkel Kang. Man konnte in der zentralen Posteinlaufstelle auch Briefe aufgeben, diese wurden aber zunächst mit dem Postbus in die Bezirkshauptstadt gebracht, von wo sie weiter an ihren Bestimmungsort gelangten.

Eine Hauszustellung gab es nicht, dafür bekamen die Menschen im Dorf einfach zu wenig Post. Wenn jemand Post bekommen und diese nach drei Tagen nicht abgeholt hatte, wurde sein Name über das Megafon ausgerufen. Das Megafon verkündete auch viele andere Dinge, so etwa wenn jemand angerufen wurde. Da es nur in der Dorfverwaltung und in der Schule ein Telefon gab, riefen die Menschen bei der Dorfverwaltung an, und diese rief über das Megafon den gewünschten Teilnehmer aus. Dann wurde der Anrufer aufgefordert, sich nach einer halben Stunde wieder zu melden, bis dahin sollte sein Gesprächspartner bei der Dorfverwaltung eingetroffen sein. Öfter kam allerdings vor, dass der Anrufer seine Telefonnummer hinterließ und dann zurückgerufen wurde. Üblicherweise passierte das über ein sogenanntes R-Gespräch, wo der Zurückgerufene die Kosten des Telefonates übernahm.

Mit jedem Tag, der ohne Brief von Onkel Kang verging, wurde Lian bedrückter. Sie befürchtete, dass er keine Zeit hatte und sie ihn nicht mit Großvater Ning besuchen konnte. Als nach 14 Tagen endlich eine Antwort von Onkel Kang in der Posteinlaufstelle lag, getraute sie sich nicht, den Brief zu öffnen. Sie lief, ohne anzuhalten, nach Hause und rief schon von Weitem: „Großvater, Großvater, ein Brief von Onkel Kang!"

51

Großvater Ning war gerade damit beschäftigt, die letzten Birnbäume zu bestäuben, die jetzt nach und nach zu blühen begonnen hatten.

Es waren viele verschiedene Sorten, deshalb blühten nicht alle zur gleichen Zeit, so war die Arbeit besser verteilt. Und da jetzt kein Morgenfrost mehr zu befürchten war, konnte er die Sache etwas gemächlicher angehen. Er unterbrach seine Arbeit und nahm den Brief seines Bruders entgegen, den Lian ihm entgegenstreckte.

Lians Nerven waren bis zum Zerreißen angespannt. Als sie Großvater Ning den Brief gegeben hatte, hüpfte sie wie verrückt auf der Stelle. Dann, als ihr Großvater umständlich den Brief geöffnet hatte und zu lesen begann, blieb sie wie versteinert stehen und legte beide Hände vor den Mund, ihre Augen waren weit aufgerissen.

Großvater Ning wiegte seinen Kopf hin und her, dann seufzte er und blickte Lian an.

„Dein Onkel schreibt, dass wir ihn leider …"

Nein, dachte Lian, *nur das nicht!*

„… dass wir ihn leider schon nächste Woche besuchen müssen!", vollendete Großvater Ning seinen Satz. Er machte sich manchmal den Spaß, andere ein bisschen zu verschaukeln.

„Du bist unfair, Großvater, warum tust du das? Du weißt doch, wie sehr ich mich auf den Besuch freue." Lian stampfte mit dem rechten Fuß auf den Boden.

„Schon gut, kleiner Drache", schmunzelte Großvater Ning, „ich sehe es halt gerne, wenn du verärgert bist, da bist du so richtig süß – komm her!"

Er breitete seine Arme aus und Lian flog ihm entgegen. Mit Schwung hob er sie empor und machte mit ihr eine halbe Drehung. Lian jauchzte und rief: „Wir gehen Onkel Kang besuchen, wir gehen Onkel Kang besuchen …!"

52

Onkel Kang lebte in den Bergen, er war mit 18 Jahren vom Hof seiner Eltern weggezogen, als sein älterer Bruder Ning geheiratet hatte. Er versuchte sein Glück in einem Kalksteinbruch, etwa drei Tagesmärsche vom elterlichen Hof entfernt.

Die Arbeit war hart, gefährlich und auch ungesund, viele ältere Arbeiter litten an einer Staublunge infolge des Kalkstaubes, den sie bei den Sprengarbeiten täglich einatmeten. Kang hatte sich vorgenommen, nur einige Jahre im Steinbruch zu arbeiten und in dieser Zeit möglichst viel Geld anzusparen. Er wollte in eine große Stadt ziehen und dort ein kleines Geschäft aufmachen – was genau, wusste er damals noch nicht. Doch es sollte alles ganz anders kommen.

Die Landschaft rund um den Kalksteinbruch war ein Paradies. Lichte Wälder wechselten mit Wiesen, kleine Bäche murmelten durch Auen, um dann wieder über Felsen in die Tiefe zu stürzen. Es gab unzählige Vogelarten, deren Gesang wie ein großer Chor erklang, manchmal erhob ein Solist seine Stimme, dann wieder das ganze Orchester.

Die Farbenpracht der Blüten und Blumen war unglaublich, übertroffen nur von den herrlichsten Schmetterlingen, die Kang je gesehen hatte. Wald und Wiesen dufteten in allen Noten und der Wind trug einem immer wieder neue Gerüche zu.

Die Menschen, die hier lebten, waren auch Bauern, aber sie hielten Rinder und hatten keine Felder, wie er es von zu Hause kannte.

Es waren fröhliche Menschen in bunten Gewändern, die Frauen sangen bei der Arbeit, die Männer riefen in seltsamen Lauten ihre Nachbarn, die weit entfernt am Berg wohnten. Diese antworteten ebenfalls mit diesem Singsang, den Kang nicht deuten konnte, sie aber schienen diese seltsame Sprache zu verstehen. Es waren keine Chinesen wie er, es war eine eigene Volksgruppe mit eigener Sprache und eigenen Bräuchen, die hier in den Bergen lebte.

Sooft es seine Zeit erlaubte, war Kang in den Bergen unterwegs und erfreute sich an der unglaublichen Natur. Als er den ersten Herbst erlebte, war er überwältigt: Die Wälder waren in alle Farben verwandelt, die Blätter in Gelb, Orange, Rot und Braun getaucht.

Obwohl es jetzt in den Nächten immer kälter wurde, waren doch die Tage von einer angenehmen Milde. Die Luft war so klar, dass das hohe Gebirge mit seinen schneebedeckten Gipfeln zum Greifen nah erschien. Jetzt war dort schon Schnee gefallen, und dieser reichte so weit nach unten, dass man seine Grenze nicht mehr wahrnehmen konnte. Auch im Sommer waren diese Berge stets mit Schnee bedeckt, wenngleich nur auf ihren Gipfeln.

Von einem Tag zum anderen wurde es Winter. Ein eisiger Wind brachte Schnee mit sich, es schneite mehrere Tage lang. Die Arbeit am Steinbruch wurde wie jeden Winter eingestellt, nur eine kleine Belegschaft blieb zurück, um die Anlage zu bewachen. Kang hatte sich freiwillig gemeldet, er erhielt so auch etwas Lohn und Verpflegung, ohne dass er arbeiten musste. Die übrigen Arbeiter kehrten zu ihren Familien heim, Kang wollte das erst in zwei Monaten machen, auf Kurzbesuch zum Jahreswechsel.

Als es aufgehört hatte zu schneien, lag das Land unter einer dicken Schneedecke – und es war sehr kalt geworden.

Während es geschneit hatte, waren alle in der Unterkunft geblieben und hatten sich die Zeit mit Kartenspielen vertrieben. Nach diesen Tagen der Untätigkeit wollte Kang unbedingt eine kleine Wanderung unternehmen, um die geliebte Landschaft im Winterkleid zu erfahren. Der Leiter der Belegschaft hatte ihm davon abgeraten, da Kang nicht über eine entsprechende Kleidung und Schuhe verfügte. Aber Kang ließ sich nicht abhalten und stapfte mit dünner Hose und Halbschuhen bekleidet los. Zwar hatte er Arbeitshandschuhe

54

angezogen, eine Wollmütze aufgesetzt und war in eine dickere Jacke geschlüpft, allein Beinkleider und Schuhe waren jedoch für diese Wanderung völlig ungeeignet.

Schon nach wenigen Metern bemerkte Kang seinen Fehler, doch er war zu stolz und eigensinnig umzukehren und hatte davor Angst, von den anderen ausgelacht zu werden. So setzte er seinen Weg fort.

Mühsam hatte er eine Kuppe erklommen, den Weg dorthin schaffte er im Sommer in 15 Minuten, nun hatte er fast 45 Minuten dafür gebraucht. Seine Schuhe waren längst voll Schnee, die Hose bis zu den Knien feucht und kalt. Kang hielt auf der Kuppe inne und blickte in eine märchenhafte Winterlandschaft. Der Schnee glitzerte im Sonnenlicht, der Himmel war blau ohne eine Wolke. Kang blinzelte mit seinen Augen, er hatte Mühe, in das gleißende Licht zu blicken. Er überlegte, ob er zurückgehen sollte, dann sah er den vereisten Wasserfall. Er beschloss, sich die Sache näher anzusehen, und setzte seinen Weg fort.

Anfangs ging es nur leicht bergab, aber schon bald wurde es wesentlich steiler. Trotz des tiefen Schnees geriet er immer wieder ins Rutschen, die Sohlen seiner Schuhe hatten kaum ein Profil, das ihm Halt gab. Er blickte sich nach einem Stock um und sah etwas weiter vorne einen Strauch, von dem er einen geeigneten Ast abbrechen wollte. Er musste sich etwas strecken, um den Ast ergreifen zu können, da passierte es:

Kang rutschte aus und verlor das Gleichgewicht. Er versuchte noch, den Ast zu erklammern, dabei verdrehte es seinen Körper und er stürzte über den Abhang. Kang verspürte einen Schmerz im rechten Bein, dann tauchte er in den Pulverschnee ein. Er kam kopfüber zum Liegen und konnte sich nicht erheben. Erst nach Minuten gelang es ihm, sich etwas auf die Seite zu drehen. Nun wurde ihm der Ernst der Lage bewusst, in der er sich befand. Seine Kleidung war voller

Schnee und er konnte sein rechtes Bein nicht bewegen. Etwa 200 Meter weiter unten lag ein Haus, aus dessen Kamin Rauch aufstieg, aber es war keine Menschenseele zu erblicken.

Kang zitterte am ganzen Leib, trotz Sonnenschein war es bitterkalt und er war völlig durchnässt. So laut er konnte, rief er um Hilfe, doch niemand kam aus dem Haus und auch sonst war niemand zu erblicken. Panik erfasste Kang, verzweifelt versuchte er, auf die Beine zu kommen, er wollte zum Haus. Da es ihm aber nicht gelang, aufzustehen, begann er in seiner Verzweiflung, auf allen vieren in Richtung des Hauses zu kriechen. Immer wieder hielt er inne und rief aus Leibeskräften um Hilfe. Er hoffte, dass ihn schon jemand hören würde, wenn er näher am Haus war. Doch er schaffte es nur sehr langsam, vorwärtszukommen.

Inzwischen war auch die Sonne untergegangen, es war schlagartig kälter geworden. Kang zitterte wie Espenlaub, und doch keimte in ihm jäh Hoffnung auf, als er bei aufkommender Dunkelheit Licht aus den Fenstern im Haus erblickte. *Es ist jemand zu Hause, ich muss noch einmal rufen*, dachte er.

In diesem Augenblick öffnete sich die Haustüre und er erblickte im Schein des Lichtes eine Frauengestalt. Kang brüllte aus Leibeskräften um Hilfe, die Frau sah augenblicklich in seine Richtung, dann lief sie wieder ins Haus.

Kang glaubte, wahnsinnig zu werden, das konnte doch nicht sein! Er brüllte weiter, und als sein Brüllen sich zu einem Schluchzen aus Todesangst verwandelte, traten drei Gestalten aus dem Haus und liefen auf ihn zu.

Kang stammelte völlig entkräftet: „Bitte helft mir, ich habe mich verletzt!" Doch sie sagten kein Wort, hoben ihn hoch und trugen ihn ins Haus.

Dort legten sie Kang auf eine Decke und zogen ihm die nassen Kleider aus. Die Hose mussten sie aufschneiden, denn

Kang hatte sich den rechten Unterschenkel gebrochen. Eine ältere Frau wies eine jüngere an, nach draußen zu gehen und Schnee zu holen. Damit rieben sie seinen ganzen Körper ein, und Kang spürte, wie auf wundersame Weise Wärme seinen Körper durchströmte. Anschließend hüllten sie ihn in eine warme Decke und legten ihn auf ein Bett. Man reichte ihm heißen Tee, dann trat ein alter Mann auf ihn zu und untersuchte seinen gebrochenen Unterschenkel.

Die Menschen, die ihn gerettet hatten, unterhielten sich in einer Sprache, die Kang nicht verstand. Kang fragte den Mann, ob er Kangs Sprache spräche, der nickte und antwortete: „Du hast dir das Bein gebrochen, ich werde eine Schiene anbringen, damit es ruhiggestellt wird. Aber vorher muss ich den Knochen einrenken."

Bevor Kang antworten konnte, hatte der alte Mann zugegriffen und mit einem kurzen Ruck den Knochen eingerenkt. Kang brüllte vor Schmerz auf, aber da war schon alles erledigt.

Der alte Mann lächelte: „Wenn ich dir erklärt hätte, was ich tun werde, hättest du dich gewehrt, womöglich wäre der Knochen dabei abgesplittert."

Nun trug der alte Mann eine Salbe auf dem verletzten Bein auf, die Kangs Unterschenkel prickelnd erwärmte. „Was ist das?", fragte Kang.

„Eine Heilsalbe mit verschiedenen Kräutern und Bienengift", antwortete der alte Mann.

„Bienengift? Wozu Bienengift?", fragte Kang kleinmütig.

Alle im Hause lachten. „Es wird helfen, dein Bein zu heilen", antwortete der alte Mann.

Dann wickelte er das gebrochene Bein vorsichtig mit einer Baumwollbinde ein und legte links und rechts eine dünne Schiene aus Birkenholz an den Unterschenkel. Kang beobachtete alle Arbeitsschritte des Mannes, alles wirkte sehr gekonnt.

Nachdem er die beiden Schienen mit einer neuen Binde aus Leinen am Bein festgewickelt hatte, trug er eine andere Paste auf.

„Was ist das?", fragte Kang.

„Salzteig, der wird sehr hart, wenn er getrocknet ist, das hält den Verband fest", antwortete der alte Mann. Nun wickelte er wieder einige Schichten der Leinenbinde um das Bein und wiederholte die Teigbestreichung.

Nach weiteren zwei Abfolgen der Umwicklung nickte er zufrieden und sagte:

„Du kommst aus dem Steinbruch, nicht wahr?" Kang nickte.

„Sie werden sich Sorgen machen. Heute können wir nicht mehr Bescheid geben, meine Tochter wird morgen zum Steinbruch gehen und deinen Unfall melden. Hier ist noch etwas zu essen und dann versuch zu schlafen, du brauchst jetzt Ruhe."

Ein junges Mädchen, vielleicht 16 Jahre alt, reichte Kang eine Schale mit heißer Yakmilch, dazu gab es ein großes Stück Butterbrot.

Hier in den Bergen hielten die Bauern den Yak, eine Rinderart, die an die tiefen Temperaturen des Winters bestens angepasst war, die Tiere lebten das ganze Jahr im Freien, anders als die Kühe im Tal.

Nach seiner Mahlzeit schlief Kang erschöpft ein, doch Albträume über das Erlebte begleiteten seinen Schlaf.

Am nächsten Morgen sah der alte Mann nach dem Verband und fragte Kang nach seinem Befinden. Das Bein schmerzte, aber es war auszuhalten.

„Wenigstens vier Wochen wirst du den Verband tragen müssen", sagte der alte Mann, „mit der Arbeit im Steinbruch wirst du wohl noch länger warten müssen. Meine Tochter ist schon aufgebrochen, um im Steinbruch Bescheid zu sagen."

58

Der Leiter der Wachmannschaft im Steinbruch war zuerst erzürnt über das Missgeschick Kangs, wenig später gab er sich aber doch erleichtert über die Nachricht, dass Kang gut versorgt wurde und nichts Schlimmeres passiert war. Sie hatten überlegt, Kang zu suchen, aber es war schon zu dunkel gewesen, und sie wussten nicht, wohin er gegangen war. Der Leiter ließ ausrichten, dass Kang frühestens in einer Woche in ein Krankenhaus transportiert werden könne, erst dann würde ein Wagen mit Nachschub an Lebensmitteln beim Steinbruch eintreffen. Und er ließ gute Besserungswünsche ausrichten.

Kang war nicht sonderlich betrübt über die Nachricht wegen des Krankenhauses, ihm ging es hier alles andere als schlecht, er fühlte sich in guten Händen. Wenn es nicht zu einer Verschlechterung seines Gesundheitszustandes kommen würde, sah er keinen Grund, sich in das Krankenhaus zu begeben.

Als ob der alte Mann seine Gedanken erraten hätte, sagte er: „Du kannst gerne bei uns bleiben, bis du wieder ganz gesund bist!"

Und so geschah es: Kang wurde wieder ganz gesund und er wurde von der Familie wie einer von ihnen aufgenommen. Niemandem war dabei entgangen, dass Kang ein Auge auf die hübsche Dali geworfen hatte, obwohl Kang dem Mädchen Respekt und Zurückhaltung entgegenbrachte.

Als sein Bein ausgeheilt war und er wieder laufen gelernt hatte, ging er zum Steinbruch, um seine Arbeit dort zu kündigen.

Für seine neue Familie gab es jetzt viel Arbeit, der Winter war fast vorbei und man ging daran, Zäune für das Vieh auszubessern und das Dach des Hauses zu reparieren.

Der alte Mann hatte noch eine besondere Beschäftigung: Er war Imker. Jetzt am Ende des Winters galt es, nach den Bienenvölkern zu sehen.

Kang wurde den Verdacht nicht los, dass der alte Mann ihn deshalb so herzlich aufgenommen hatte, weil er ihn für die Weiterführung seiner Imkerei benötigte.

Der alte Mann führte ihn in die Kunst der Imkerei ein und es gefiel Kang sehr. Daran änderte sich auch nichts, als er einmal von den Bienen gestochen wurde. Er war unvorsichtig gewesen und die Bienen hatten ihn arg zugerichtet. 53 Stiche hatte er abbekommen, der alte Mann hat ihm alle Stacheln aus der Haut gezogen und sie dabei gezählt. Vor allem im Gesicht war Kang oft gestochen worden. Seine Augen waren so stark geschwollen, dass er tagelang nicht sehen konnte. Seine Lippen wurden auch etliche Male gestochen, Nahrung konnte er nur mit einem Strohhalm aufnehmen, und auch das tat sehr weh.

„Sei getrost, Kang", sagte der alte Mann, „das passiert jedem Imker einmal, ich bin schon oft gestochen worden und längst immun gegen das Bienengift!"

Der Frühling war sehr schnell ins Land gezogen, auf den Wiesen erblühten Schneeglöckchen, Krokus und Narzissen, an den Bächen Weidenkätzchen und an den Waldrändern blühte der Haselstrauch.

Der alte Mann hatte seine Bienenstöcke überprüft, leider waren zwei Völker stark dezimiert, mehr als die Hälfte der Bienen war über den Winter gestorben. Bei den anderen Stöcken gab es auch Verluste, aber das sei normal, versicherte der alte Mann. Er reparierte die Stöcke und Kang durfte sie mit unterschiedlichen Farben bestreichen, dabei verwendete er Erdfarben, die der alte Mann aus verschiedenen Erden, Steinen und Mineralien gewonnen hatte. Die Zutaten wurden fein vermahlen, unterschiedlich gemischt und meist gebrannt. So erhielt man verschiede Gelb-, Braun-, Grau-, Grün- und Rottöne, ja sogar blaue Farben waren möglich.

60

„So finden die Bienen sofort ihren Stock", erklärte der alte Mann und ergänzte: „Und ich weiß, welcher Stock meiner besonderen Pflege bedarf." Darüber führte der alte Mann ein Buch, in dem er verschiedene Eintragungen vornahm, wie sich die einzelnen Bienenvölker entwickelten.

So erlernte Kang nach und nach das Handwerk eines Imkers, und es gab dabei sehr viel zu lernen.

Während des folgenden Sommers vertiefte sich die Zuneigung zwischen Kang und Dali. Da Kang aber Chinese war und seine neue Familie einer anderen Volksgruppe angehörte, war es für beide nicht einfach, den Bund der Ehe einzugehen, obwohl sich beide das von ganzem Herzen wünschten.

Kang fragte sich, ob er den alten Mann ansprechen sollte, aber es geziemte sich nicht, dass er als der wesentlich Jüngere diesen Schritt setzte. Dali hingegen wollte nicht länger warten. Doch der alte Mann, der ihr Großvater war, wies sie zurecht und sagte:

„Dali, darüber kann ich nicht alleine bestimmen, das muss das Oberhaupt unserer Sippe entscheiden!"

Alle Menschen hier in den Bergen gehörten einer Sippe an, waren mehr oder weniger miteinander verwandt. Ihr Oberhaupt war ein Schamane, eine Art Priester und Arzt oder Heilkundler in einer Person. Er war derjenige, der über eine solche Frage entscheiden konnte, seine Entscheidung wurde von allen anderen Sippenmitgliedern akzeptiert.

Viele Männer der Sippe waren im Krieg gegen die Japaner gefallen, es herrschte ein Überfluss an Frauen, die keine Männer zum Heiraten hatten.

Der alte Mann wusste wohl, dass Kangs Heirat mit Dali gegen grundsätzliche Regeln der Sippe verstoßen würde, andererseits dachte er auch an die besonderen Umstände, die die Heirat trotzdem rechtfertigen würden. *Ohne „Blutauffrischung",* dachte er, *wird die ganze Sippe untergehen – ich werde mit unserem Oberhaupt reden.*

Zu Dali sagte er hingegen: „Es ist noch viel zu früh, um über eine Heirat nachzudenken, schlag dir das vorerst aus dem Kopf!"

Der Sommer neigte sich dem Ende zu und der alte Mann bemerkte den Stimmungswandel Kangs. Er wusste, dass er handeln musste, Kang wollte Gewissheit haben, ob er Dali heiraten könne oder nicht. Als einige Bienenstöcke, die sie Anfang des Sommers höher hinauf in die Berge gebracht hatten, wieder hinunter zum Haus getragen werden sollten, trug der alte Mann diese Arbeit Kang auf. Er selbst müsse ein paar Erledigungen machen, Kang solle Dali mitnehmen.

Kang und Dali machten sich auf den Weg zu der hoch gelegenen Wiese, wo der alte Mann jedes Jahr ein paar Bienenstöcke aufstellte, damit die Bienen die Bergblumen besuchen konnten. Der Honig aus diesen Blüten war besonders kostbar und die Bienen fanden dort oben für kurze Zeit ein Meer voller Blüten vor.

Ihr Weg führte die beiden etwa eine Stunde durch den Wald, bald würden sie an einem Köhler vorbeikommen, der hier oben aus dem Holz der Bäume Holzkohle machte. Dazu musste er die Bäume fällen, zersägen und schließlich in große Scheite spalten. Danach schichtete er die Scheite zu einem kegelförmigen Haufen auf, der „Meiler" genannt wurde. An einer Stelle des Meilers legte der Köhler einen Feuerschacht an, den er mit Reisig und kleinen Holzspänen füllte. Danach wurde der ganze Meiler mit einer Mischung aus Erde, Gras und Moos bedeckt, damit keine Luft von außen nach innen eindringen konnte, nur ganz unten am Feuerschacht blieb ein offenes Loch. Dann entzündete der Köhler den Feuerschacht und deckte nach einiger Zeit schließlich auch dieses Loch zu.

62

Im Meiler wurden jetzt die Holzscheite langsam in Holzkohle umgewandelt. Es dauerte etwa eine Woche, bis alles Holz zu Holzkohle geworden war. Dabei musste der Köhler darauf achten, dass die Glut im Inneren des Meilers nicht erlosch oder die Decke um die Holzscheite undicht wurde. Das passierte nach einiger Zeit, da die Decke durch die Hitze trocknete und Risse bekam. Der Köhler musste dann diese Risse mit neuem Material aus Erde, Gras und Moos abdichten. Regelmäßig öffnete er auch das Loch des Feuerschachtes, um die Glut im Inneren zu überprüfen, nach einiger Zeit verschloss er es dann wieder. So hielt er den Meiler stets auf der richtigen Temperatur.

Dali und Kang stiegen den Pfad zum Köhler hinauf, sie hatten einen Maulesel dabei, der die sechs Bienenstöcke nach unten tragen würde. Auf halbem Weg begegnete ihnen eine Frau, die einen Korb mit Holzkohle auf ihrem Rücken trug.

Sie grüßten die Frau und Dali unterhielt sich mit ihr einige Zeit in ihrer eigenen Sprache. Kang verstand das meiste inzwischen, nur beim Sprechen fehlte ihm noch etwas die Übung. Er merkte, dass die Frau ihn mehrmals verstohlen anblickte.

„Was habt ihr besprochen?", fragte Kang Dali, nachdem die Frau ihren Weg fortgesetzt hatte.

„Tu nicht so, du hast doch alles verstanden", lächelte Dali ihm zu. Er brummte unverständlich vor sich hin, nahm sie in die Arme und gab ihr einen Kuss.

Wenig später nahmen sie den Geruch des Meilers wahr, der immer stärker wurde. Trotzdem brauchten sie noch fast eine halbe Stunde bis zum Platz des Köhlers.

Dieser war gerade dabei, einen neuen Meiler aufzubauen, er konnte ihr Kommen nicht sehen, da er ihnen den Rücken zukehrte. Er trug nur eine lange Hose, sein Oberkörper war nackt – und schwarz! Als sie ihn gerufen hatten, drehte er sich zu ihnen um und sie blickten in sein vom Ruß geschwärztes Gesicht.

„Wir haben dir frische Wäsche und Handtücher mitgebracht, auch etwas zu essen!", rief Dali.

Der Köhler begrüßte die beiden und trat zu einem Kübel mit Wasser, um seine Hände und sein Gesicht etwas zu waschen. Dali reichte ihm ein frisches Handtuch.

Sie konnten die unzähligen Brandnarben an seinem ganzen Körper erkennen, eingebrannt während der vielen Jahre seiner schweren Arbeit.

Sie reichten dem Köhler einen großen Sack Kartoffeln, dazu Bohnen und einen kleineren Sack mit Buchweizenmehl. Auch Käse, Joghurt und ein paar Eier hatten sie ihm mitgebracht sowie einen Laib frischen Brotes, dazu ein Stück Butter und ein Glas Honig. Schließlich gab es noch frisches Obst und etwas Salz. Ganz besonders freute sich der Köhler aber über das Stück Seife, auf das er schon längere Zeit gewartet hatte.

„Wir holen Großvaters Bienenstöcke von der Bergwiese", sagte Dali, „auf dem Rückweg nehmen wir deine schmutzige Wäsche mit."

Der Köhler lebte alleine, er hatte keine Frau. Dalis Familie wohnte dem Köhler am nächsten, sie hatte die Aufgabe übernommen, seine Wäsche zu waschen und ihn mit Lebensmitteln zu versorgen. Dafür erhielt ihre Familie von ihm eine bestimmte Menge Holzkohle geschenkt.

Der Köhler wohnte in einer kleinen Hütte, deren Einrichtung nur aus einem Herd, einem kleinen Tisch mit einem Stuhl, einem einfachen Bett sowie einer Truhe bestand. Die Hütte hatte nicht einmal ein Fenster, an einer Wand hingen Werkzeuge, an einer anderen zwei Kochtöpfe und einige Holzlöffel.

Sie verabschiedeten sich vom Köhler und machten sich weiter auf den Weg zur Bergwiese. Da sie mit dem Abtransport der Bienenstöcke bis kurz vor Sonnenuntergang warten mussten, hatten sie beschlossen, bis dahin Pilze und Beeren zu sammeln. Weil die Bienen unterwegs waren, solange die Sonne schien, musste man abwarten, bis alle zum Stock zurückgekehrt waren.

Schon nach kurzer Zeit hatten sie so viele Pilze und Beeren gefunden, dass sie sich eine Mahlzeit gönnen konnten. Dann nahmen sie den letzten Teil des Weges in Angriff und bald hatten sie die Bienenstöcke erreicht.

Kang untersuchte die Stöcke, dazu nahm er die Imkerpfeife zur Hand und stopfte sie mit Imkertabak, einer Mischung aus Farn, Weidenholz und verschiedenen Kräutern. Der Imker raucht diese Pfeife nicht, sondern er bläst den Rauch in den Bienenstock, wenn er diesen öffnet. Durch den Rauch werden die Bienen davon abgehalten, den Imker zu stechen. Und da er die Pfeife im Mund hält, hat er beide Hände frei zum Arbeiten.

„Schöne, volle Waben!“, rief Kang erfreut Dali zu. „Alle Bienen machen einen gesunden Eindruck!“

Sie setzen sich etwas abseits der Bienenstöcke ins Gras. In etwa einer Stunde konnten sie mit dem Abtransport beginnen. Der Maulesel tat sich unterdessen an den saftigen Kräutern der Bergwiese gütlich.

Weiter unten trat plötzlich eine Herde Yaks aus dem Wald auf die Wiese. Es waren Muttertiere mit ihren Kälbern. In einigen Wochen würde man sie nach unten treiben, dann würde es still hier oben werden und bald darauf der erste Schnee fallen.

Als ob er das Signal zum Aufbruch gegeben hätte, ertönte über ihren Köpfen der Ruf eines Raben, der zielstrebig auf den gegenüberliegenden Berg zuflog.

Dali holte den Maulesel, während Kang nochmals seine Imkerpfeife stopfte. Wieder nebelte er die Bienenstöcke ein, dann stülpten sie um jeden Stock einen Sack und banden diesen unten zu. Danach hängte Kang je drei Bienenstöcke an eine Seite des Maulesels, so war das Gewicht gleichmäßig verteilt.

Nach einer Viertelstunde waren Sie fertig und machten sich nun rasch auf den Heimweg. Der Köhler hatte inzwischen seine Schmutzwäsche zu einem Bündel geschnürt, Dali nahm es an sich und ohne Aufenthalt zogen die beiden weiter. Die Dämmerung schritt voran, und als sie das Haus erreichten, war es fast ganz dunkel. Kang entlud noch rasch den Maulesel und stellte die Bienenstöcke an ihren Winterplatz.

Während Dali und Kang die Bienenstöcke von der Bergwiese geholt hatten, hatte der alte Mann das Sippenoberhaupt, den Schamanen, besucht.

Der Besuch war schon lange vorher ausgemacht worden, doch es sollte ein Geheimnis bleiben. Gegenüber der Familie hatte der alte Mann vorgegeben, seinem Bruder Bienengift vorbeizubringen, da dieser wieder stark an Rheuma litt.

Der alte Mann brachte dem Schamanen Bienenwachskerzen in verschiedenen Größen mit, worüber sich dieser überaus freute.

Es war üblich, nicht sofort über den Grund des Besuches zu sprechen, die beiden Männer unterhielten sich zuerst über ihre Gesundheit, das Wetter und sonstige Alltäglichkeiten. Dazu tranken sie heißen Tee, den der Schamane zubereitet hatte. Der alte Mann hatte Kekse mitgebracht, die seine Tochter, Dalis Mutter, gebacken hatte. Lautstark schlürften sie den Tee, das war hier so Sitte.

Der Schamane saß dabei erhöht auf einem Podest, wie es seinem hohen Rang entsprach, der alte Mann musste vor ihm auf dem Boden sitzen. Der Raum war sehr dunkel, an den Wänden hingen Bilder von Gottheiten, direkt hinter dem Schamanen war der Hauptaltar. Dort brannten auch einige

Kerzen, die den Raum ein wenig erhellten. Das Gesicht des Schamanen war kaum zu erkennen, da die Kerzen hinter seinem Rücken brannten. Die Luft war erfüllt vom Geruch der Räucherstäbchen.

Der Boden war ausgelegt mit Teppichen, sodass der alte Mann durchaus bequem sitzen konnte. Ein Kissen unterstützte ihn dabei.

Nach etwa einer halben Stunde schlug der Schamane auf einen kleinen Gong, das war das Zeichen, dass man nun zum eigentlichen Grund des Besuches kommen würde.

„Ich habe mit dem Rat der Alten gesprochen", begann der Schamane, „die Heirat eines Chinesen mit einer Frau unserer Sippe widerspricht unseren Geboten!" Er legte eine Pause ein, es war so still, dass man eine Stecknadel hätte fallen hören.

Der alte Mann hatte den Atem angehalten, da fuhr der Schamane fort:

„Aber es gehört auch zu unseren Geboten, dass der Rat der Alten und ich, der Schamane der Sippe, dafür Sorge tragen müssen, dass es uns allen wohlergeht. Dies ist unser höchstes Gebot! Nach langen Gesprächen ist der Rat zu dem Schluss gelangt, dass Dali und Kang heiraten dürfen. Es war der Wille der Götter, dass Kang zu dir gekommen ist, wir werden ihn als einen der Unsrigen aufnehmen!"

Der alte Mann wollte sich erheben, um dem Schamanen zu danken.

„Bleib sitzen, wir wollen jetzt noch eine Pfeife rauchen", sagte dieser und entspannte seine würdevolle Haltung, die er während der Verkündung der Entscheidung des Rates eingenommen hatte.

Die Hände des alten Mannes zitterten, seine Augen waren feucht geworden, er war unsäglich erleichtert über das eben Gehörte.

Als sich beide ihre Pfeifen angesteckt hatten, plauderten sie vergnügt miteinander und sprachen dabei über die Feierlichkeiten, die im kommenden Frühjahr stattfinden sollten.

Dann verabschiedete sich der alte Mann vom Schamanen und machte sich auf den Heimweg. Er stimmte ein fröhliches Lied an und marschierte mit festem Schritt nach Hause. Er fühlt sich um 20 Jahre jünger und überlegte, wann und wie er die frohe Botschaft verkünden sollte.

Er beschloss, seiner Familie vorerst nichts zu sagen, er wollte damit bis zu Dalis Geburtstag warten, der würde ja schon in 14 Tagen sein.

Damit sie seine Aufregung nicht merkten, bog er einige 100 Meter vor dem Haus zum Bach ab, um dort nach den Fangkörben zu sehen, die er für Krebse und Fische aufgestellt hatte. Tatsächlich waren zwei große Forellen in den Körben in die Falle gegangen.

Das trifft sich gut, dachte der alte Mann, *so kann ich meine Freude dem Fang der Forellen zuschreiben, und niemand wird auf die Idee kommen, dass ich beim Schamanen gewesen bin!*

Und so war es dann auch. Alle freuten sich über die leckeren Forellen sowie über die Pilze und Beeren, die Dali und Kang mitgebracht hatten.

Der alte Mann war besonders über den reichlichen Honig in den Bienenstöcken erfreut und auch darüber, dass alle Bienenvölker gesund geblieben waren.

Dann war Dalis Geburtstag, ihr siebzehnter. Es war auch die nähere Verwandtschaft eingeladen, mehr als 20 Leute nahmen an dem Fest teil. Es gab reichlich gutes Essen, später wurde getanzt und gesungen. Als das Fest auf seinem Höhepunkt angelangt war, bat der alte Mann um Aufmerksamkeit, er habe etwas Wichtiges zu verkünden.

Als er allen mitgeteilt hatte, dass Dali und Kang im nächsten Frühjahr heiraten dürften und Kang in die Sippe aufgenommen werden würde, brach ein Freudentaumel aus und alle fielen sich nach und nach in die Arme. Dali und Kang weinten vor Freude und Glück.

Dann lief Kang plötzlich ins Haus und kehrte kurz darauf wieder zurück. Nun war er es, der um allgemeine Aufmerksamkeit bat.

Er kniete vor Dali nieder und fragte sie vor aller Augen, ob sie seine Frau werden möchte. Wieder johlten und sangen alle, da holte Kang einen Verlobungsring aus der Tasche, den er schon vor Monaten heimlich besorgt hatte, als er seinen Bruder Ning besucht hatte.

Er steckte den Ring an Dalis Finger und so wurde aus der Geburtstagsfeier noch eine Verlobungsfeier.

Jetzt durfte auch getrunken werden, es gab Most für die Männer und Honigwein für die Frauen.

Dali und Kang kamen die Monate bis zur großen Feier wie eine Ewigkeit vor, doch dann war es endlich so weit. Es war geplant, das Aufnahmeritual Kangs in die Sippe einen Tag vor der Hochzeit zu feiern, es sollte ein ganz großes Fest über zwei Tage werden.

Kang trug dazu die Festtagsbekleidung der Sippe, allerdings musste er darüber einen weißen Umhang tragen.

Der Schamane sprach zahlreiche Gebete, dazwischen sprachen Frauen und Männer Wünsche an Kang aus. Nach mehr als zwei Stunden war es dann so weit: Der Schamane befahl Kang, einen Schwur zu leisten. Er sprach die Schwurformel vor, und Kang musste sie wiederholen. Dann erhielt Kang als Zeichen seiner Aufnahme in die Sippe den Hut der Festtagsbekleidung aufgesetzt, der zuvor auf einem kostbaren Gabentischchen gelegen hatte. Nun durfte Kang auch den weißen

Umhang ablegen und sich in der ganzen Pracht der wertvollen Festtagskleidung zeigen.

Die ganze Sippe rief im Chor: „Du bist Kang, du bist einer von uns!" Und er antwortete ihnen: „Ich bin Kang, ich bin einer von euch!"

Am nächsten Tag fand die Hochzeit zwischen Dali und Kang statt. Es war ein rauschendes, fröhliches Fest und dauerte bis spät in die Nacht. Dali und Kang waren schon früher gegangen, sie wollten die Hochzeitsnacht so richtig auskosten.

Kang baute nun ein eigenes Haus, nicht weit von jenem des alten Mannes entfernt. Dali und er erwarteten Nachwuchs, es wurde ihnen ein Sohn geboren. Der alte Mann weihte Kang in die Künste der Imkerei ein und lehrte ihn alle Geheimnisse, die er von seinem Vater gelernt hatte. Aber es waren auch viele Dinge dabei, die er selbst erfahren und erfolgreich erprobt hatte, er war während seines langen Lebens zu einem wahren Meister unter den Imkern geworden. Der alte Mann wusste, dass auch Kang das Zeug zu einem großen Imkermeister hatte, er bewunderte sein rasches Verständnis für die unterschiedlichsten Dinge.

Vier Jahre waren inzwischen vergangen, seit Kang von seiner neuen Familie vor dem Erfrierungstod gerettet worden war. Wieder bedeckte eine dicke Schneedecke das Land und die Menschen saßen in ihren Häusern. Eines Tages konnte der alte Mann nicht mehr vom Bett aufstehen. Er fühlte sich matt und schwächlich. Als sich sein Gesundheitszustand nach drei Tagen nicht verbessert, ja sogar verschlechtert hatte, machte sich Kang auf, um den Schamanen zu holen, der ja auch der Arzt der ganzen Sippe war.

Doch als der Schamane an das Bett getreten war, in dem der alte Mann lag, wusste er, dass dieser nicht nach Medizin verlangte.

70

„Ich habe ein langes und erfülltes Leben gehabt", sagte der alte Mann mit leiser Stimme, „ich möchte jetzt heimkehren zu unseren Ahnen. Sprich bitte die Gebete und salbe mich, damit ich die weite Reise antreten kann!"

Und der Schamane nickte, sprach die Gebete und sang das Lied von der Heimkehr zu den Ahnen. Dann salbte er den alten Mann und sagte ihm Auf Wiedersehen in der ewigen Welt der Ahnen, zu der auch er bald aufbrechen würde.

Ein Lächeln umspielte den Mund des alten Mannes, dann schloss er seine Augen. Am nächsten Morgen war er heimgekehrt, und sein Leib wurde verbrannt, wie es Sitte war.

Nun war Kang der Imkermeister der Sippe und genoss hohes Ansehen wie zuvor der alte Mann. So sollte es noch viele Jahre sein.

5. Besuch bei Onkel Kang

Morgen würde es endlich so weit sein, Großvater Ning und Lian würden Onkel Kang besuchen. Am Abend des Vortages haben sie ihre Rucksäcke und zwei Taschen gepackt, neben etwas Kleidung befanden sich darin vor allem Geschenke für Onkel Kang und seine Familie. Lians Mutter hatte aus der Stadt einige Dinge besorgt, die Onkel Kang in dem Brief an seinen Bruder aufgelistet hatte, alles Sachen, die oben in den Bergen nicht zu bekommen waren. Darunter befanden sich Rasierklingen und Schleifpapier für Onkel Kang, Kleider und Kosmetik für die Frauen, Buntstifte und Spielsachen für die Enkelkinder, daneben noch einige Gewürze und ein Küchenhobel.

Großvater Ning hatte auch einige Produkte aus seiner Landwirtschaft eingepackt, darunter frisches Gemüse, das oben in den Bergen noch nicht geerntet werden konnte.

Lian hatte in den letzten zwei Wochen eifrig an einem kleinen Bild gehäkelt, das eine Biene darstellte und welches sie Onkel Kang schenken wollte.

Sie brachen zeitig auf, Onkel Ning wollte noch auf den kleinen Bauernmarkt im Dorf, um dort eine Ente zu kaufen. Wie alles Federvieh oder auch Fische gab es die Enten lebendig auf dem Markt zu kaufen. Großvater Ning hatte einen Käfig aus geflochtenen Weidenruten mitgenommen, damit würde er die Ente transportieren.

Der Markt befand sich direkt neben der Bushaltestelle, sie würden den Bus deshalb keinesfalls versäumen. Außerdem machte der Bus hier am Markt morgens immer eine Viertelstunde Pause, der Busfahrer trank Tee und rauchte zwei Zigaretten. In der Zwischenzeit konnten die Fahrgäste noch schnell etwas einkaufen, bevor die Fahrt weiterging.

Großvater Ning steuerte auf eine Bäuerin zu, von der er wusste, dass sie immer Enten, Hühner und Gänse sowie deren Eier verkaufte.

Die Bäuerin wohnte weiter oben im Tal, doch er kannte sie gut und begrüßte sie freundlich. Sie antwortete ebenso freundlich, erkundigte sich nach dem allgemeinen Befinden und fragte schließlich, wohin er und Lian fahren würden, denn sie hatte sofort erkannt, dass die beiden Reisegepäck bei sich trugen.

„Wir wollen meinen Bruder Kang in den Bergen besuchen", antwortete Großvater Ning. „Ich möchte ihm eine Ente als Geschenk mitbringen." Er hatte bereits seine Wahl getroffen, es gehörte aber zur Sitte, dass man nach der Qualität und dem Gewicht der Tiere fragte. So ließ er sich vorerst einige Enten zeigen und sie abwiegen. Dann fragte er nach dem fetten Erpel, einer männlichen Ente, die ihm sofort aufgefallen war.

„Eine gute Wahl", sagte die Bäuerin, „er kostet dich nur 80 Yuan."

Großvater Ning schlug beide Hände über seinem Kopf zusammen und rief: „80 Yuan? Ich gebe dir 40 dafür!"

Jetzt war es die Bäuerin, die die Hände vor ihr Gesicht schlug: „Du bist verrückt! 70 Yuan und keinen weniger, das ist ein bestens gefütterter junger Erpel!"

Nach einigem Hin und Her einigten sich die beiden auf 60 Yuan. Es war auch Sitte, um den Preis zu feilschen, und meistens traf man sich in der Mitte, wie auch hier. Dieser Preis war auch jener, den die Ware eigentlich wert war, beide wussten das und trotzdem lief der Handel fast immer auf diese Weise ab. Der Verkäufer verlangte zuerst zu viel, der Käufer bot zu wenig, bis man sich in der Mitte einigte.

Die Bäuerin steckte den Erpel gekonnt in den Weidenkäfig, Großvater Ning bezahlte und verabschiedete sich.

74

In der Zwischenzeit war der Postbus angekommen, und der Fahrer trank wie immer seinen Tee an dem kleinen Marktstand, wo es auch etwas zu essen gab. Einige Speisen wurden in der Garküche direkt auf der Straße frisch zubereitet, die Menschen aßen und tranken gleich daneben in der typischen Hockhaltung, denn Stühle und Tische gab es nicht.

Etwa nach einer Viertelstunde stieg der Busfahrer wieder in seinen Bus und hupte mehrmals.

Die Fahrgäste stiegen ein, und es waren nicht nur Menschen, die sich auf die Reise machten. Viele Fahrgäste hatten wie Großvater Ning lebende Tiere dabei, im Bus schnatterten deshalb nicht nur die Menschen.

Ein junger, schmächtiger Mann kassierte die Fahrscheine der neuen Fahrgäste, während der Bus schon weiterfuhr, dann setzte er sich auf die Stufen des hinteren Eingangs. Er musste stets ein Auge auf den Fahrer gerichtet haben, denn wenn dieser etwas von ihm wollte, hob er nur die Hand und deutete nach vorn.

Während des Aufenthalts beim Bauernmarkt hatte der junge Mann die Windschutzscheibe des Busses gewaschen und Wasser bei den Bremsen nachgefüllt. Dieses Wasser diente zum Kühlen der Bremsen, denn der Busfahrer war stets flott unterwegs, und nur allzu oft musste er hart bremsen, weil plötzlich Tiere auf der Straße standen oder sich ein großes Schlagloch in der Straße auftat.

Seit seinem zwölften Lebensjahr war der junge Mann jetzt als Lehrling des Busfahrers unterwegs, ganze zehn Jahre würde er dazu brauchen, bis er selbst ein Busfahrer werden konnte, der dann selbst einen Lehrling haben würde, welcher den Bus sauber halten und die Fahrscheine kassieren musste. In zwei Jahren würde es endlich so weit sein.

Der Bus hatte eine Steigung erreicht, wo die Straße der Schlucht ausweichen musste, die der Fluss durch den Felsen getrieben hat. Der Motor des schwer beladenen Fahrzeugs heulte auf, als der Busfahrer einen niedrigeren Gang eingelegt hatte und den Bus über die Steigung nach oben quälte.

Beim Bergabfahren wurde klar, warum der junge Mann Kühlwasser für die Bremsen nachgefüllt hatte: Der Busfahrer hatte wieder den höchsten Gang eingelegt und der Bus brauste auf die erste Kurve zu. Ohne den Gang zu wechseln, drückte der Busfahrer hart auf die Bremsen, von den Rädern stieg sofort Wasserdampf auf, denn die Bremsen begannen zu glühen. Immer wieder kam es zu schweren Unfällen, wenn durch das rasche Abkühlen der Bremsen plötzlich eine Bremsscheibe brach, trotzdem wurde weiter so gefahren, denn die Busfahrer wollten möglichst viel Zeit für ihre Teepausen herausholen.

Außerdem gab es regelmäßig Behinderungen durch Viehtrieb auf den Straßen, man musste einfach warten, bis die Ziegen, Schafe oder Gänse von der Straße getrieben worden waren, und das konnte durchaus dauern.

Der Bus hielt noch zweimal an einer Haltestelle, um Fahrgäste ein- und aussteigen zu lassen, bei der nächsten Haltestelle mussten Lian und Großvater Ning dann aussteigen, um auf einen anderen Bus zu warten, der sie in die Berge bringen würde.

Es war eine Straßenkreuzung, wo sich zwei Straßen querten. Der Bus, mit dem sie hierhergekommen waren, würde nun nach Osten in Richtung der Bezirkshauptstadt weiterfahren, während aus dieser Richtung ein anderer Bus kommen würde, der weiter nach Westen in die Berge fuhr.

An dieser Kreuzung befanden sich ebenfalls ein kleiner Markt sowie einige Garküchen und sogar eine Buswerkstätte, in der immer ein Reservebus bereitstand, der einspringen musste, wenn einer der Linienbusse defekt war. Dieser wurde dann an Ort und Stelle repariert.

An der Kreuzung hielten alle Busse solange, bis der Anschlussbus eingetroffen war. Eigentlich sollten die Busse ja fast

76

zur gleichen Zeit dort ankommen, aber es gab eben immer wieder Verzögerungen.

Diesmal war es besonders schlimm. Nach einer Viertelstunde wurde über einen Lautsprecher angesagt, dass der Bus aus der Bezirkshauptstadt eine Reifenpanne hatte und erst in einer halben Stunde mit seiner Ankunft zu rechnen sei.

Die Fahrgäste nahmen es gelassen auf, sie hatten nun Zeit, einen Tee zu trinken oder etwas aus den Garküchen zu essen.

Während sich Großvater Ning mit einem Becher Tee in den Schatten eines Baumes setzte, lief Lian zu den Marktständen und betrachtete die feilgebotenen Waren. Es waren meist Kleider, Schuhe oder Gebrauchsgegenstände, aber auch billiger Schmuck oder Uhren.

Großvater Ning hatte seine Meerschaumpfeife gestopft und vorher dem Erpel Wasser zum Trinken gegeben, das dieser gierig aufnahm. Es war ziemlich heiß geworden, obwohl es noch lange nicht Mittag war.

Als die halbe Stunde vergangen war, tauchte der Bus weiter oben auf der Straße in einer Kurve auf und erreichte nach wenigen Minuten die Haltestelle. Der Busfahrer war verärgert, weil sein Zeitplan nicht mehr passte, trotzdem wollte er jetzt Pause machen. Sein Lehrling, noch jünger als jener aus dem ersten Bus, war völlig verschwitzt und komplett verschmutzt. Er hatte den linken Vorderreifen ohne die Mithilfe des Busfahrers wechseln müssen und war am Ende seiner Kräfte. Zwei Mechaniker aus der Buswerkstätte hänselten ihn und meinten, er solle sich waschen, um den Bus nicht zu verdrecken. Dann zogen sie die Schrauben des Vorderrades nach, kontrollierten den Reifendruck und ersetzten das defekte Rad durch ein anderes Reserverad. Sie würden anschließend versuchen, den Schaden am Reifen zu beheben.

Als der Bus seine Fahrt wieder aufnahm, hatte er über eine Stunde Verspätung. Der junge Buslehrling hatte seine Kleider notdürftig gereinigt und sein Gesicht sowie seine Arme und Hände gewaschen. Er wirkte sehr niedergeschlagen, obwohl er ja nichts dafürkonnte, dass der Reifen geplatzt war. Der Busfahrer machte ihn nach wie vor für die Verspätung verantwortlich und der Lehrling getraute sich nicht zu widersprechen. Lian tat der Junge leid, und sie sprach ihm Mut zu. Dann sang sie das Lied von den Bienen, das ihre Mutter sie gelehrt hatte. Der Buslehrling versuchte seine Tränen der Rührung zu verbergen, dann holte er tief Luft und lächelte Lian zu.

Langsam begann sich die Landschaft zu verändern. Der Bus keuchte die Straße hinan, die sich nun in endlosen Kehren den Berg hinaufschlängelte. In jeder Kehre konnte Lian in das Tal hinabsehen, und mit jeder Kehre wurden die Häuser unten kleiner und kleiner. Dann zeigte Großvater Ning mit der Hand auf ein Dorf, das weit hinten im Tal zum Vorschein kam, und sagte:

„Sieh nur, Lian, das dort hinten ist unser Dorf, ich kann sogar unser Haus erkennen!"

„Ja, Großvater, ich sehe es. Wie weit wir davon entfernt sind!"

Dann nahm die Straße plötzlich eine andere Richtung und führte weg vom Tal. Hoch über einer Schlucht, unterhalb eines hohen Bergrückens, führte sie entlang Richtung Westen und stieg dabei immer weiter an.

Schutthalden und Wald wechselten einander ab, immer wieder waren kleine Bäche zu sehen, die oft über Wasserfälle in die Tiefe stürzten. Am Straßenrand blühten Blumen, oft waren Ziegen zu sehen, die gemütlich grasten oder auf Bäume geklettert waren.

Plötzlich hatte der Bus gehalten, und Lian fragte sich, wieso dies geschah, weil ja niemand ein- oder ausstieg.

Dann erkannte sie den Grund: Ein Lastwagen kam ihnen entgegen, er hupte mehrmals und der Busfahrer hupte zurück.

78

Dieser hatte den Lastwagen schon von Weitem gesehen und wusste, dass die Straße zu schmal für beide Fahrzeuge war. Und weil hier die einzige Ausweichstelle zwischen den beiden Fahrzeugen war, musste er anhalten, um den Lastwagen vorbeizulassen.

Dann ging es weiter und nach etwa 20 Minuten hatten sie einen Pass erreicht. Hier hielt der Bus, zwei Männer und zwei Frauen stiegen aus. Der Busfahrer verließ ebenfalls den Bus und begab sich hinter einen Baum. Einige Fahrgäste folgten seinem Beispiel. Der Motor des Busses lief derweil weiter, er hatte sich beim Bergauffahren so stark erhitzt, dass man ihn nicht abstellen durfte, weil sonst ein Motorschaden entstehen könnte, wenn der Ventilator des Kühlers nicht weiterlief.

Danach ging es einmal bergab, um aber wenig später wieder anzusteigen. Die Landschaft war jetzt völlig verändert. Dichte Wälder wurden unterbrochen von saftigen Wiesen mit bunten Blumen, vereinzelt sah man Häuser auf den Lichtungen stehen. Am Straßenrand waren immer wieder Baumstämme gelagert. Wenig später hatte der Bus ein Hochtal erreicht, von wo aus man einen weiten Blick Richtung Westen hatte. Dort, ganz weit entfernt, ragten die schneebedeckten Gipfel des hohen Gebirges empor. Ein Bach schlängelte sich durch das Hochtal und bildete immer wieder kleine Seen mit versumpftem Boden darum herum. Als der Bus an einem dieser Seen vorbeifuhr, erhob sich ein ganzer Schwarm Graureiher in die Lüfte – Lian blickte ihnen fasziniert nach.

Dann bog die Straße nach rechts ab und es folgte ein steiler Anstieg. Der Buslehrling war nach vorne zum Busfahrer gegangen und kam kurz darauf zurück. Wenig später hielt der Bus.

„Wir müssen jetzt aussteigen, Lian", sagte Großvater Ning. Zuvor hatte er dem Buslehrling gesagt, dass sie beim alten

Steinbruch aussteigen wollten. Lian hatte es nicht bemerkt, weil sie nur am Fenster stand und die Landschaft betrachtet hatte.

Etwa zur gleichen Zeit wie Lian und Großvater Ning war auch Shi, Lians Cousin, von zu Hause aufgebrochen. Sein Großvater Kang hatte ihm aufgetragen, Lian und seinen Bruder Ning vom alten Steinbruch abzuholen und ihnen behilflich zu sein. Vorher sollte er noch die Bienenstöcke besuchen, die Kang beim alten Steinbruch aufgestellt hatte, und dort nach dem Rechten sehen.

Der Steinbruch lag schon lange brach. Etwa zehn Jahre nach Kangs Abgang war er geschlossen worden, inzwischen war die Narbe in der Landschaft fast verheilt. Büsche und Bäume hatten sich angesiedelt, auch ganz besondere Kräuter und Blumen, derentwillen Kang dort auch ein paar Bienenstöcke aufgestellt hatte. Der Honig dieser besonderen Pflanzenwelt war sehr hochwertig.

Von den Gebäuden rund um den Steinbruch waren nur mehr ein paar Mauerreste übrig, alles andere hatte die Sippe im Laufe der Jahre abmontiert und zu ihren Häusern geschafft. Dazu zählten Dachziegel und Fenster, aber auch Mauerziegel, alles Holz und Metall oder was sonst noch brauchbar gewesen war. Es war zwar streng verboten, dies zu tun, aber es war nie jemand da, der dies auch überprüft hätte.

Shi nahm einen kleinen Rucksack, in den seine Mutter eine Jause für ihn und die beiden Gäste eingepackt hatte. Dazu noch eine Imkerpfeife und Imkertabak sowie ein Imkernetz, das seinen Kopf zusätzlich schützen sollte, wenn er die Stöcke begutachtete.

Obwohl es auch hier in den Bergen tagsüber schon sehr warm war, musste er wegen der Bienen eine lange Hose anziehen und auch eine langärmelige Jacke mitnehmen.

80

Für den Weg zum Steinbruch brauchte er etwa Eindreiviertelstunden, eine halbe Stunde zur Kontrolle der Bienenstöcke und dann noch etwa 20 Minuten bis zur Straße – Zeit genug, um vorher noch einen Abstecher zu den Fischreusen am Bach zu machen. Seine Cousine und sein Großonkel würden erst nach 11 Uhr morgens eintreffen, und jetzt war es kurz vor 8 Uhr.

Shi ging die Reusen und Tonkrüge für die Krebse ab und freute sich über einen guten Fang. Er leerte die Fische aus den Reusen in einen großen Holzbottich, der über ein Bambusrohr immer mit frischem Wasser versorgt wurde. Gleich verfuhr er mit den Tonkrügen, die hinten ein kleines Loch hatten, damit man die Krebse aus ihnen herausstoßen konnte, denn diese hielten sich darin ordentlich fest. *Nur zwei Krebse,* dachte Shi, *aber vielleicht fange ich ja noch welche!* Die Tiere konnten im Bottich ohne Weiteres zwei, drei Tage verweilen und blieben so frisch.

Dann machte sich Shi an den Anstieg zum Steinbruch und überprüfte die Bienenstöcke. *Schade, dass die Maulbeerbäume noch keine Früchte tragen,* dachte er. Die Maulbeerbäume zählten zu jenen Pflanzen, die nur hier am alten Steinbruch gediehen, weil es dort besonders warm war. Shi liebte die süßen Früchte, aber es würden wohl noch fast zwei Monate vergehen, bis er sich an ihnen satt essen könnte.

Er blickte auf seine Armbanduhr, eine Rolex made in China, die ihm sein Vater geschenkt hatte. Es war halb 11 Uhr, er machte sich an den Abstieg und ging die alte Zufahrtsstraße zum Steinbruch entlang, bis er auf der Hauptstraße angelangt war. Die alte Zufahrt war inzwischen zu einem schmalen Fußweg verwachsen, seit Jahrzehnten war hier kein Fahrzeug mehr gefahren.

Shi setzte sich auf einen großen Stein und nahm etwas von seiner Jause aus dem Rucksack. *Jetzt werden sie bald kommen,* dachte er, doch Zeit genug, ein Stück Brot und etwas Käse zu essen.

Als er das Motorgeräusch eines großen Wagens hörte, stand er auf. Er wollte dem Bus ein Zeichen geben, damit dieser anhielt. Doch es war ein Lastwagen, der nach einiger Zeit um die Kurve bog, und Shi winkte nur beiläufig dem Fahrer zu.

Der Bus hat Verspätung, dachte Shi. Das war nichts Neues, doch als nach einer halben Stunde vom Bus immer noch nichts zu hören oder sehen war, wurde er unruhig. Er versuchte, sich die Zeit zu vertreiben, und nahm sein Messer zur Hand, um sich eine Haselrute abzuschneiden. Daraus würde er eine Maiflöte schnitzen, wie er es von seinem Großvater gelernt hatte.

Geschickt wählte er die richtige Stärke der Haselrute und schnitt sie an der geeigneten Stelle ab. Dann trennte er ein etwa 20 Zentimeter langes Stück davon ab. Er betrachtete den Rohling und nickte zufrieden. Nun schnitt er mit seinem Messer vorsichtig eine quer liegende Kerbe in den vorderen Teil des Rohlings und hob das Stück Holz heraus.

Jetzt begann der schwierigste Teil der Arbeit. Etwa 2 Zentimeter nach der Kerbe machte Shi einen vorsichtigen Schnitt in die Rinde, rund um das ganze Holz. Dann begann er, mit dem Griff des Messers rundherum auf die Rinde zu klopfen. Zwischendurch nahm er das Stück in den Mund, befeuchtete und erwärmte es so. Dann drehte er behutsam an der Rinde und siehe da: Sie löste sich vom Holz. Es war wichtig, dass das Rindenstück ganz blieb, denn er musste es später wieder über das Holz stülpen.

Nun schnitt er das Ende des Rohlings schräg zu einem Mundstück an und löste von dessen Anfang bis zur quer liegenden Kerbe eine längs gerichtete Kerbe aus dem Holz. Jetzt musste er nur noch die abgelöste Rinde wieder über das bearbeitete Holzstück stülpen und fertig war seine Maipfeife.

82

Damit dies leichter gelang, rieb er das Holz mit etwas Fett vom Schweinespeck ein, den ihm seine Mutter für die Jause mitgegeben hatte. So konnte die Rinde leicht über das Holz gleiten, ohne einzureißen.

Shi testete seine Maipfeife. Sie gab einen schönen Klang, aber er war noch nicht zufrieden. Behutsam bearbeitete er das Mundstück und vor allem die quer liegende Kerbe, die er vorne etwas steiler und hinten flacher auslaufend nachbearbeitete. Jetzt war der Ton perfekt, er war klar und kräftig. Shi konnte verschieden hohe Töne blasen, wenn er mit dem Finger leicht auf die Rinde drückte, denn damit veränderte er den Luftstrom.

Als er dabei war, seine Maiflöte auf diese Art zu stimmen, bog plötzlich der Bus um die Kurve. Vor lauter Beschäftigung mit seiner Flöte hatte Shi sein Herannahen gar nicht wahrgenommen. Er sprang von seinem Stein auf und blies, so laut er konnte, in seine Flöte. Dabei winkte er mit seiner freien Hand.

Der Busfahrer wusste längst, dass hier jemand aussteigen würde, sein Lehrling hatte es ihm vor Minuten mitgeteilt.

Lian und Großvater Ning stiegen aus und Shi begrüßte sie auf das Herzlichste. Als er erfuhr, dass der Bus vorher eine Reifenpanne gehabt hatte, war ihm die Verspätung klar.

„Da müsst ihr ja jetzt sehr hungrig sein!", sagte Shi und schlug vor, erst einmal etwas zu essen.

Shis Mutter hatte ihm ein Schneidbrett eingepackt, jetzt zeigte Shi mit Geschick, wie er den Speck fein aufschneiden konnte. Auch das Brot und der Käse wurden in Scheiben geschnitten, und allen mundete die deftige Jause sehr.

Nach der Mahlzeit packte Shi einige Sachen aus den Taschen in seinen Rucksack, der jetzt ja viel leichter geworden war, nachdem sie die Jause verzehrt hatten. Dann schnitt er noch eine kräftige Haselrute ab und reichte sie Großvater Ning.

„Dieser Stock ist für dich, Großonkel, er soll dir beim Anstieg helfen", sagte Shi. Dann ergriff er eine Tasche, pfiff in seine Flöte und meinte scherzend: „Dann brechen wir jetzt auf!"

Er ging voran, denn der Weg ließ es nicht zu, dass sie nebeneinander hergingen. Lian folgte ihm und Großvater Ning ging als Letzter. Bald erreichten sie das Gelände des alten Steinbruchs und machten kurz Halt.

„Hier hat dein Großonkel Kang vor vielen Jahren gearbeitet, Lian", sagte Großvater Ning zu seiner Enkelin. Lian blickte die verwachsene Wand hoch und erblickte die farbigen Bienenstöcke.

„Sind das eure Bienenstöcke?", fragte sie Shi.

„Nur ein paar davon, wir haben viel mehr, sie sind alle im Hochtal und weiter auf den Bergen verteilt!", antwortete Shi.

Der Aufstieg zum Sattel oberhalb des Steinbruchs war anstrengend, da die drei ja sehr viel Gepäck mit sich trugen. Mehrmals mussten sie haltmachen, da Großvater Ning wegen seines Alters und der dünnen Luft nicht mit den beiden Kindern mithalten konnte.

Endlich waren sie oben angekommen, Lian und ihr Großvater genossen die herrliche Aussicht. Weiter unten lag das Gehöft seines Bruders Kang, mit drei Wohnhäusern und Stallungen für das Vieh. Der Bach, bei dem Shi am Morgen die Fische und Krebse aus den Reusen und Tonkrügen in den Bottich geleert hatte, glitzerte und schimmerte in der Nachmittagssonne. Alle drei tranken jetzt Wasser, denn beim Aufstieg waren sie ordentlich ins Schwitzen gekommen. Als sie auf halbem Weg zu den Häusern waren, wurden sie von der Familie Kangs wahrgenommen, sie hatten sich schon Sorgen wegen der Verspätung gemacht. Shis ältere Schwester und sein älterer Bruder kamen ihnen entgegengelaufen und übernahmen die Gepäckstücke. Als sie bei den

Häusern ankamen, war die ganze Familie versammelt, um den Besuch zu begrüßen.

Nach einem Willkommenstrunk und den ersten Fragen nach dem Wohlbefinden bat Großvater Ning, sich etwas hinlegen zu dürfen, er war von den Strapazen der Reise sehr erschöpft.

Lian hingegen tollte mit Shi herum und er zeigte ihr alle seine geheimen Plätze rund um den Hof. Beide hatten sehr viel Spaß.

Beim Abendessen, zu dem es das frische Gemüse von Großvater Ning gab sowie die Fische und Krebse, die Shi am Morgen gefangen hatte, wurden auch Kartoffeln mit frischer Petersilie gereicht. Die Petersilie hatte auch Großvater Ning mitgebracht, zusammen mit anderen frischen Kräutern, die hier oben nicht angebaut oder erst später geerntet werden konnten. Großmutter Hui hatte alles einzeln in feuchtes Papier eingewickelt, so war es schön frisch geblieben.

Alle waren vergnügt, besonders Lian, die richtig ausgelassen war!

„Morgen werden wir nach den Bienen sehen", sprach ihr Großonkel sie an, „hast du heute noch keine gesehen?"

Lian hatte die eine oder andere Biene während ihres Fußmarsches gesehen, aber sie war enttäuscht, dass es nicht Hunderte, Tausende gewesen waren, wie es in Mutters Lied besungen wurde.

„Ja, gerne, Großonkel Kang, ich freue mich schon sehr", antwortete ihm Lian.

„Sag einfach Onkel zu mir", erwiderte Kang freundlich.

Großvater Ning und sein Bruder setzten sich anschließend vor das Haus und genossen die letzten Sonnenstrahlen des Tages, dazu rauchte jeder eine Pfeife. Lian erzählte inzwischen den Frauen und Mädchen der Familie, wie es ihr in der Schule erging und was sie sonst noch so machte. Auf einmal begann

Lian zu gähnen und fühlte die Müdigkeit in sich aufsteigen. Als Großvater Ning das Haus betrat und erklärte, er werde jetzt zu Bett gehen, schloss sie sich ihm an, denn sie hatte plötzlich keine Lust mehr, weiterzuerzählen.

Ein seltsamer Geruch weckte Lian am nächsten Tag. Sie hatte sehr gut geschlafen, die Bergluft war angenehm kühl gewesen. Als sie in die Küche kam, waren schon alle um den großen Tisch versammelt. Es wurde eine Suppe gereicht, die Lian noch nie gerochen oder gegessen hatte. Es war eine Kartoffelsuppe mit getrockneten Steinpilzen, die sehr stark duftete und köstlich schmeckte. Danach gab es noch einen Strudel, mit Äpfeln und Haselnüssen gefüllt, dazu eine mit Honig gesüßte Milch.

Nach dem Frühstück begleiteten Lian und Shi Onkel Kang zu den Bienenstöcken. In der näheren Umgebung befanden sich vier Plätze mit je sechs Stöcken. Shi erklärte Lian, dass weiter oben im Hochtal noch einmal so viele Stöcke stünden, dazu kämen noch die vier beim Steinbruch und im Frühsommer würden weitere zwölf Stöcke auf die Bergwiesen gebracht.

„Das sind geschwärmte Bienenvölker, die wir auf die Bergwiesen bringen werden", erklärte ihr Shi.

„Ja", sagte Onkel Kang, „es kann jetzt jeden Tag losgehen, dass die Bienen schwärmen, wir müssen die Stöcke gut beobachten und die Schwärme wieder einfangen."

Als sie den ersten Bienenstöcken nahe gekommen waren, setzten alle ihre Imkernetze auf, denn die Bienen waren aggressiv, bevor sie ausschwärmten. Es summte umso bedrohlicher, je näher sie kamen. Lian war etwas verängstigt, so hatte sie sich das Summen der Bienen nicht vorgestellt, sie blieb stehen.

Onkel Kang hatte einen Rauchkessel angezündet, den er hin und her schwenkte, die Imkerpfeife war jetzt nicht groß genug, um ausreichend Rauch zu erzeugen.

86

„Es kann jeden Moment losgehen!", rief er und trat zurück. Aus einiger Entfernung beobachteten die drei die Bienenstöcke und warteten.

Lian blickte Onkel Kang an und fragte: „Onkel, schwärmen die Bienen auch bei den anderen Stöcken?"

„Bist ein kluges Kind!", rief Onkel Kang. „Ja, und deshalb beobachten wir sie überall. Sieh nur, dort oben steht Shis Vater und dort drüben sein älterer Bruder. Weiter hinten im Hochtal passen andere Familien auf die Bienenstöcke auf. Wir versuchen, den Schwarm schon beim Ausfliegen aus dem Stock zu fangen, aber das gelingt uns nicht immer. Außerdem möchte ich dir zeigen, wie es aussieht, wenn die Bienen schwärmen. Und dann, mit etwas Glück, werde ich dir zeigen, wie man sie wieder einfängt!"

In diesem Augenblick bildete sich ein dichter Schwarm von Bienen über einem der Stöcke. Es summte so laut, dass Lian ein paar Schritte zurückwich.

„Da, jetzt schwärmt der braune Stock!", rief Shi aufgeregt.

Der Schwarm tanzte in der Luft auf und ab, dann flog er plötzlich talwärts, hinunter zu den Weiden am Bach.

Shi rannte hinterher und auch Onkel Kang folgte ihm, so schnell ihn seine alten Beine tragen konnten.

„Komm, Lian, schnell, schnell!", rief er ihr zu. Lian folgte ihm und rannte dann voraus zu Shi. Der fuchtelte mit den Armen und war unter einer alten Weide stehen geblieben. Als Lian näher kam, sah sie den Bienenschwarm wie eine dichte Traube an einem der unteren Äste hängen.

„Jetzt werden wir versuchen, sie wieder einzufangen", flüsterte ihr Shi zu. Als Onkel Kang bei ihnen angekommen war, nickte er zufrieden und holte einen Sack hervor. Er befestigte ihn an einem langen Stock, den er schon von zu Hause mitgenommen hatte. Vorsichtig näherte er sich der Traube aus lebendigen Bienenleibern und führte den Sack darüber.

Mit einem geschickten Schwenk des Stockes verschloss er die Öffnung und zog den Sack am Stock behutsam zu sich zurück. Viele Bienen sammelten sich außen an dem Sack, aber sie flogen nicht weg.

„Wir haben die Königin, sie ist in der Mitte des Schwarms", erklärte Onkel Kang, „deshalb bleiben auch die Bienen, die du außerhalb des Sackes siehst, bei ihr und fliegen nicht weg."

Lian war ganz aufgeregt und schnatterte: „Was geschieht jetzt mit den Bienen?"

„Ich habe ihnen schon ein eigenes Zuhause gebaut, anschließend tragen wir sie an einen neuen Platz", erklärte Onkel Kang.

Sie gingen in Richtung Haus, wo Onkel Kang mehrere Bienenstöcke aufbewahrte, die er während des Winters gebaut hatte. Jeder einzelne hatte eine andere Farbe.

„Welche Farbe soll der Bienenstock haben, Lian?", fragte Onkel Kang.

„Ich weiß nicht", antwortete sie ihm, „wie wäre es mit grün?" Onkel Kang wiegte sein Haupt und sprach: „Weißt du noch, welche Farbe der Stock hatte, aus dem der Schwarm gekommen ist?"

Lian überlegte. Der alte Stock war braun gewesen, mit einem gelben Strich in der Mitte. Sie fragte mehr, als sie antwortete: „Braun?"

„Kluges Kind!", rief Onkel Kang. „Wir nehmen wieder braun, damit die Bienen eine gewohnte Farbe an ihrem Stock haben. Und damit ich weiß, dass sie von einem braunen Stock stammen, malen wir jetzt einen weißen Streifen daran. Das trage ich dann alles in mein Buch ein. Aber jetzt werden wir die Bienen einmal in ihr neues Zuhause bringen."

Er öffnete den Deckel des Bienenstocks und stülpte den Imkersack vorsichtig darüber. Dann ließ er ihn langsam zusammenfallen, damit die Königin ja nicht wieder entwischen

88

konnte. Dabei bemerkte Lian zu ihrem Schrecken, dass Onkel Kangs rechter Arm nach und nach von Bienen bedeckt wurde und sich auch auf seinem Körper Bienen ausbreiteten. Ihn schien das aber nicht weiter zu beunruhigen, und als er den Deckel des Stockes geschlossen hatte, streifte er seinen Arm einfach leicht an der Deckelkante ab. Nach etwa einer Minute hatten ihn alle Bienen verlassen und trachteten danach, durch das Flugloch in den Stock zu gelangen.

„Haben dich die Bienen gar nicht gestochen, Onkel Kang?", fragte Lian ungläubig.

„Nein, mein Kind, es war nur etwas kribbelig und ziemlich warm auf dem Arm – na, zwei, drei haben mich doch gestochen, aber das spüre ich nach all den Jahren gar nicht mehr!"

Was Lian bisher gesehen hatte, ermutigte sie so gar nicht, mehr über Bienen zu erfahren. Onkel Kang bemerkte ihren nachdenklichen Blick und meinte: „Das war heute ein ganz besonderer Tag. Sonst geht es eher gemütlich zu bei der Imkerei. Wenn du erst einmal die Grundregeln gelernt hast, wird auch das Einfangen eines Schwarms keine große Sache für dich sein!"

Lian lächelte süß-säuerlich zurück, ganz überzeugt war sie nicht!

Shi war inzwischen zu den Stöcken zurückgelaufen. Lian wusste nicht, ob sie ihm folgen sollte, sie zauderte beim Gedanken an die schwärmenden Bienen.

„Was macht Shi bei den Bienenstöcken?", fragte sie Onkel Kang.

„Er versucht, den Schwarm gleich am Flugloch zu fangen. Das ist viel einfacher, als ihn wegfliegen zu lassen!", antwortete Onkel Kang.

Jetzt packte Lian doch der Ehrgeiz, wenn Shi das konnte, würde sie das auch lernen.

„Hier, nimm den Rauchkessel mit und auch den Imkersack", sagte Onkel Kang zu ihr, als er merkte, dass Lian entschlossen war, Shi bei der Arbeit zuzusehen.

Lian lief zu den Bienenstöcken hinauf, die am Waldrand standen. Shi hatte kräftig geräuchert und wandte ihr den Rücken zu. Als sie nahe genug gekommen war, konnte sie sehen, wie er seinen Imkersack an das Flugloch eines Stockes hielt.

„Kann ich dir helfen?", rief ihm Lian zu.

„Du kommst gerade recht!", rief Shi zurück. „Kannst du räuchern? Der Stock hier schwärmt, und der rote daneben ist auch gleich so weit! Hast du einen Imkersack dabei?"

Lian merkte trotz der geschulten Handgriffe Shis, dass er im Stress war, und sie zögerte nicht, zu tun, worum er sie gebeten hatte. Sie schwang den Räucherkessel, wie sie es bei Onkel Kang gesehen hatte, und trat mit dem Imkersack an den roten Bienenstock heran.

„Stell den Räucherkessel auf den Stock und halte den Sack vor das Flugloch!", wies Shi Lian ein. „Mach es so wie ich!"

Unten beim Haus war Großvater Ning zu seinem Bruder getreten. Beide blickten hinauf zu den beiden Kindern an den Bienenstöcken.

„Sie hat Schneid, deine Lian, das muss man ihr lassen", bemerkte Kang seinem Bruder gegenüber, „und sie ist gescheit!"

„Ja, das ist sie wirklich!", gab Ning zur Antwort.

„Mein Schwarm ist im Sack!", rief Shi und band den Sack zusammen. Wie bei Onkel Kang hatte auch Shi viele Bienen auf seinem Körper, wenngleich doch deutlich weniger. Er hängte den Sack an den Bienenstock und wandte sich Lian zu. Sofort flogen die Bienen von ihm weg und ließen sich außen auf dem Sack nieder. Shi prüfte mit einer Hand den Inhalt des Sackes, den Lian an dem roten Stock hielt, mit der anderen schwang er jetzt wieder den Räucherkessel.

90

„Die meisten sind drinnen, ein bisschen noch!", rief er. „Du machst das sehr gut, Lian!"

Lian war viel zu angespannt, um auf seine Schmeicheleien zu antworten. Voll konzentriert schaute sie darauf, dass möglichst wenige Bienen seitlich entkamen. Auf ihren Armen krabbelten bereits Dutzende Bienen, es kribbelte und wurde warm, ganz so, wie Onkel Kang es beschrieben hatte.

„Jetzt sind sie drinnen", rief Shi, „warte, ich übernehme nun den Sack!" Er griff nach dem Sack und drehte ihn mit einer schnellen Bewegung einmal im Kreis um die eigene Achse. Schwupps, schon war er verschlossen.

Lian war etwas zurückgetreten und beobachtete Shi, wie er zuerst ihren Sack und dann seinen an jene lange Stange hängte, die zuvor Onkel Kang verwendet hatte.

„Fertig, wir können gehen, heute wird kein Stock mehr schwärmen", sagte Shi zu Lian. Die beiden gingen hinunter zum Haus, wo Ning und Kang sie bereits erwarteten.

Lian hatte gedacht, dass Onkel Kang nun die beiden Schwärme in die neuen Stöcke geben würde, aber das erledigte alles Shi im Alleingang. Lian war sehr beeindruckt von seinem Können und mehr noch davon, dass er nicht einmal mit der Wimper zuckte, als ihn einige Bienen dabei stachen.

„Shi wird bald mein Nachfolger werden", sagte Kang zu Lian. „Er kann schon fast alles, es fehlt ihm nur noch an Erfahrung! Er wird dich darin unterweisen, und ihr beide werdet von mir unterwiesen werden, wenn du das möchtest, Lian. Heute hast du bewiesen, dass du das Zeug zu einer guten Imkerin hast, im Sommer kannst du dann sechs Wochen hierbleiben, und wir werden dich darin ausbilden!"

Lian wusste, dass sie und Großvater Ning nur noch einen Tag auf Besuch bleiben konnten, Sonntagnachmittag mussten sie wieder nach Hause fahren, am Montag war wieder Schule. Am Freitag war sie ohnehin entschuldigt gewesen.

91

So verbrachte Lian den Vormittag des Sonntags mit Shi, sie besuchten die neuen Bienenstöcke, die Onkel Kang auf der anderen Seite des Baches aufgestellt hatte. Die Bienen hatten bereits emsig mit dem Bau der Waben begonnen und Shi zeigte Lian den Tanz der Bienen.

„Wahrscheinlich fliegen sie hinauf an den Waldrand, dort blühen jetzt viele Bäume und Sträucher", sagte Shi. „Der Tanz zeigt, dass die Blüten mehr als 50 Meter entfernt sind!"

Sie gingen zum Waldrand hinauf, wo tatsächlich Hunderte Bienen die Blüten besuchten, die einen betörenden Duft verströmten.

„Wenn es bei euch keine Bienen gibt, dann gibt es wahrscheinlich auch keine solchen Bäume und Sträucher oder Blumen wie hier", stellte Shi fest. „Hier, nimm ein paar Zweige und Ruten mit nach Hause, du brauchst sie nur in die Erde stecken, diese wachsen von alleine an, das geht sehr schnell!" Er nahm sein Messer, schnitt von bestimmten Sträuchern einige Zweige und Ruten ab und gab sie Lian. „Im Sommer, wenn du wiederkommst, sammeln wir zusammen Samen von Bäumen und Blumen, die musst du dann an bestimmten Plätzen aussäen, ich sage dir dann, wo."

Am frühen Nachmittag brachen Lian und Großvater Ning auf, um zurück zur Straße zu gehen. Shi begleitete sie wieder und trug die Geschenke, die beide von seiner Familie mitbekommen hatten. Es waren einige Gläser Honig, Bienenwachskerzen und getrocknete Bergkräuter für verschiedene Tees.

Onkel Kang hatte Lian noch etwas Besonderes mitgegeben: Es war ein Bilderbuch mit vielen Pflanzen, die Bienen besonders schätzten. Darin wurde beschrieben, wann diese Pflanzen blühten und reiften, auch wo sie besonders gerne wuchsen – und es stand ebenfalls geschrieben, wo sie nicht gerne wuchsen!

92

„Suche diese Bäume, Sträucher und Blumen unten im Tal, einige wirst du sicher finden, andere vielleicht nicht. Versuche, sie zu vermehren, aber achte dabei darauf, dass du sie an einem guten Platz pflanzt, dann werden sie gedeihen und sich vermehren."

Shi hatte die Zweige und Ruten, die er für Lian abgeschnitten hatte, mit feuchten Tüchern umwickelt, damit sie frisch blieben. „Schneide unten ein kurzes Stück schräg ab, bevor du die Zweige in den Boden steckst", schärfte er Lian ein. „Du solltest das noch heute, spätestens aber morgen machen!"

Lian nickte. Wenig später, nachdem die drei losgezogen waren, hatten sie die Haltestelle erreicht. Shi wartete noch, bis der Bus eintraf, diesmal war er pünktlich.

Lian winkte Shi zu, solange sie ihn sehen konnte, dann bog der Bus um die Kurve, sie versank nachdenklich und etwas traurig in ihrem Sitz. Während der gesamten Fahrt hatte sie kein einziges Wort gesprochen.

6. Die neue Schule

Während des darauffolgenden Sommers war Lian, wie besprochen, bei Onkel Kang und Shi in den Bergen. Sie lernte eine Menge über den Umgang mit den Bienen, wie man den Honig herstellte und danach die Bienen füttern musste, einen Bienenstock zu bauen und vieles andere mehr. Onkel Kang zeigte ihr auch, das Buch mit den Aufzeichnungen zu führen und was dabei von Wichtigkeit war.

Onkel Kang verzeichnete nicht nur, wie viel Honig die einzelnen Bienenvölker produzierten, er notierte auch den Beginn und das Ende der Blütezeit der einzelnen Bäume, Sträucher und Blumen. So konnte er die Menge der verschiedenen Honigsorten bestimmen.

Zusammen mit Shi hatte Lian eine Fülle von verschiedenen Samen gesammelt und in Zündholzschachteln gepackt, die sie genau beschriftet und mit einem Klebeband verschlossen hatten.

Auch zwei Bienenstöcke hatten sie gebaut und einen davon braun, den anderen rot angemalt. Als dann die Zeit des Abschieds gekommen war, begleitete Shi Lian wieder zur Straße und half ihr, all die Dinge zu tragen, die sie noch von Onkel Kang geschenkt bekommen hatte: zwei Imkersäcke, eine Imkerpfeife und einen Räucherkessel samt Imkertabak, ein Imkernetz und sogar eine kleine Honigschleuder. Zusammen mit den beiden Bienenstöcken und den vielen Zündholzschachteln mit Pflanzensamen war das eine ganze Menge.

Als der Bus angekommen war, entstieg ihm der Lehrling, dem Lian auf ihrer ersten Fahrt zu Onkel Kang begegnet war und der damals alleine das defekte Vorderrad hatte wechseln müssen.

95

Er begrüßte sie freundlich und half ihr, das Gepäck im Gepäckraum des Busses zu verstauen. Sie verabschiedete sich schnell von Shi, da der Busfahrer ungeduldig auf seine Hupe drückte. Dann setzte sie sich auf einen der hinteren Sitzplätze neben dem Einstieg, wo der Lehrling auf einer Stufe Platz genommen hatte.

Der Lehrling fragte Lian, was sie denn alles mit sich schleppe, und sie erzählte ihm von ihrer Zeit bei Onkel Kang.

„Du willst also Imkerin werden?", lachte er. „Gehst du nicht zur Schule?"

„Doch", antwortete Lian, „heuer beginne ich mit der höheren Schule in der Bezirkshauptstadt, aber Imkerin will ich trotzdem werden."

Der Lehrling blickte zu Boden und sagte: „Ich würde so gerne in die Schule gehen, aber ich muss hier arbeiten. Meine Mutter ist schwer krank, meine Großmutter schon sehr alt und gebrechlich, ich muss meine Familie ernähren!"

„Wo ist denn dein Vater?", fragte ihn Lian.

„Mein Vater hatte vor ein paar Jahren einen Unfall, er ist daran gestorben", entgegnete der Lehrling mit betrübter Stimme.

„Das tut mir leid!", antwortete Lian. Beide schwiegen, Lian betrachtete das große Muttermal am Hals des Lehrlings, dann fragte sie: „Was würdest du denn nach der Schule werden wollen?"

Er blickte sie an, und seine Augen glänzten: „Ingenieur, ich würde gerne Ingenieur werden!"

„Du musst nur ganz fest daran glauben und es wirklich wollen, dann wird es dir auch gelingen!", ermutigte ihn Lian.

Jetzt lachten beide und schwatzten über dies und das, bis der Bus die Kreuzung erreicht hatte, an der Lian einen anderen Bus nach Hause nehmen musste. Sie hatte ganz vergessen, ihn nach seinem Namen zu fragen.

96

Am ersten Schultag wurde Lian von ihrer Mutter zur neuen Schule begleitetet. Sie wollte ihrer Tochter den Weg zeigen und sie pünktlich in die Schule bringen. Lian war nervös und unglücklich darüber, dass außer ihr niemand von ihren Klassenkameradinnen aus der Grundschule im Dorf in diese Schule gehen würde. Die meisten würden eine Lehre beginnen, nur drei weitere ebenfalls weiter zur Schule gehen, aber nicht in diese besondere, die den Begabten vorbehalten blieb.

Lian war immer Klassenbeste gewesen, und so hatte sich der Schulleiter dafür eingesetzt, dass sie diese höhere Schule besuchen durfte.

Der Vorplatz der Schule war voller Schüler, die ältesten davon waren schon junge Frauen und Männer, die nach diesem Schuljahr ihr Abschlussexamen leisten würden. Die Schule hatte mehrere Eingänge, über einem Seiteneingang hing ein Schild mit der Aufschrift: „Erste Klassen hier eintreten." Lian stellte sich mit ihrer Mutter in die Reihe der neuen Schüler, um sich einschreiben zu lassen.

Nachdem Lian eine Klasse zugeteilt worden war, musste ihre Mutter sie verlassen. Als alle vollzählig waren, folgten sie ihrem Hauptlehrer, dem Klassenvorstand, in ihr Klassenzimmer. Die ganze Zeit über hatte Lian versucht, jemanden zu finden, mit dem sie in einer Schulbank sitzen könnte, aber niemand schenkte ihr Beachtung. Die meisten ihrer neuen Mitschüler kannten sich wohl schon aus der Grundschule und sie waren offensichtlich alle, bis auf einige wenige, aus der Bezirkshauptstadt. Sie hatten alle Handys und redeten in einer komischen Sprache untereinander. Lian kannte wohl die Worte, verstand aber nicht deren Sinn, das alles befremdete sie sehr.

Als sich Lian auf einen Platz in der vordersten Reihe der Schulbänke setzen wollte, traten drei Burschen an sie heran und forderten sie auf: „Setzt dich gefälligst in die letzte Reihe,

97

du Landei, am besten neben das Fenster, du stinkst ja wie ein ganzer Schweinestall!"

Um ihrer Aufforderung Nachdruck zu verleihen, stießen sie Lian mehrmals an und trieben sie so vor sich her.

Lian nahm verstört den Platz ein, den ihr die Burschen zugewiesen hatten, Tränen schossen plötzlich aus ihren Augen.

Sie merkte nicht, dass sich ein Mädchen neben sie in die Schulbank gesetzt hatte, erst als sie dessen Hand auf ihrer Schulter spürte, wandte sich Lian zu ihr um.

„Sei nicht verzagt", sprach das Mädchen, „ich bin auch ein Landei, die aus der Stadt glauben, sie sind etwas Besseres. Ich heiße übrigens Juan!"

„Wie meine Mutter, meine Mutter heißt auch Juan, ich bin Lian!"

Lian war sehr froh, dass sie so schnell eine Verbündete gefunden hatte, vielleicht könnten sie gute Freundinnen werden.

„Du darfst dir von diesen Schnöseln nichts gefallen lassen, kauf ihnen bei der ersten Gelegenheit den Schneid ab! Mir werden sie nichts tun!" Juan stand von ihrem Sessel auf, und da wurde Lian klar, was Juan gemeint hatte: Juan war um einen Kopf größer als sie und muskulös gebaut. „Von mir kriegen die Ohrfeigen, dass es nur so knallt!", lachte Juan.

Der erste Schultag war bald vorbei und Lian macht sich auf den Heimweg. Juan begleitete sie bis zum Busbahnhof, dann stiegen die Mädchen in verschiedene Busse ein.

Als nach ein paar Tagen der ordentliche Schulbetrieb aufgenommen wurde, erteilte der Kassenvorstand eine schriftliche Hausarbeit, in der die Schüler ihre Erlebnisse des letzten Sommers zu Papier bringen sollten. Die Hefte wurden eingesammelt und nach zwei Tagen wurde vom Klassenvorstand über den Inhalt der Hausaufgaben befunden. Bis auf drei Hefte wurden alle wieder an die Schüler ausgeteilt, Lians Heft lag noch vorne beim Klassenvorstand.

Juan hatte eine durchschnittliche Note erhalten, einige Mitschüler schauten erfreut, andere etwas nachdenklich in ihr Heft.

„Ich habe hier drei Arbeiten, die ich besonders hervorheben möchte", begann der Klassenvorstand. „Zwei sind außergewöhnlich gut, eine hingegen außergewöhnlich schlecht. Zuerst zu den beiden guten."

Er nannte die Namen, sagte kurz etwas zum Inhalt, dann durften die beiden Schüler nach vorne treten und ihre Aufsätze vorlesen. Als Lian bewusst geworden war, dass ihre Arbeit jene war, die der Lehrer als besonders schlecht bewertet hatte, versank sie vor Scham in ihrem Sessel.

Doch der Klassenvorstand war unerbittlich: Sie musste ebenfalls vor die Klasse treten und die Erlebnisse bei Onkel Kang vorlesen, die sie in ihrem Aufsatz niedergeschrieben hatte. Die Klasse johlte. Als sie geendet hatte, bemerkte der Klassenvorstand: „Das, Lian, ist die Geschichte eines kleinen Mädchens. Wir gehen hier in eine besondere Schule, wenn du Imkerin werden willst, hast du hier nichts verloren!"

Lian spürte Zorn in sich aufsteigen und sie stieß hervor:

„Was ist so schlecht am Beruf des Imkers, was macht den Beruf des Lehrers um so viel besser?"

Mit einem Schlag war es still geworden im Klassenzimmer, Lian bebte jetzt vor Angst. Was hätte sie dafür gegeben, dass ihre Worte nicht gefallen wären! Das Blut pochte in ihren Schläfen.

Die schneidende Stimme des Klassenvorstandes zerschnitt die Stille wie ein scharfes Messer, als er gefährlich langsam sprach: „Ich will, dass deine Mutter morgen zu mir kommt, ich habe ihr etwas zu sagen!"

In der nächsten Pause versuchte Lian, sich vor ihren Mitschülern zu verstecken, aber sie hatten sie sofort in die Enge getrieben, und der pockennarbige Peng, ein echter Kotzbrocken, tat sich dabei als Rädelsführer hervor. Er äffte den Klassenvorstand nach und auch die anderen taten es ihm gleich.

Schließlich trat Juan vor Peng und forderte ihn auf, Lian in Ruhe zu lassen. Lian erinnerte sich an Juans Worte am ersten Schultag. Sie packte Peng an seinen Schultern und wirbelte ihn herum. Peng war so verdutzt, dass er keine Gegenwehr leistete. Lian drückte Peng mit dem Rücken gegen die Wand und beutelte ihn dabei kräftig durch.

Dann ließ sie ihn los und schrie ihn an: „Mach das nie mehr mit mir, nie mehr, hörst du!"

Peng war auf den Boden gesackt, er hatte noch gar nicht begriffen, was ihm geschehen war. Lian wandte sich von ihm ab und trat auf ihre Mitschüler zu, die im Halbkreis um sie und Peng gestanden waren. Der Halbkreis öffnete sich wie von Geisterhand, die Mitschüler wichen vor Lian zurück.

„Wow, du bist ja stark!", flüsterte ein Freund Pengs, als Lian an ihm vorbeiging.

Lian war in der Tat ein kräftiges Mädchen. Die Arbeit am Hof ihres Großvaters hatte ihren Körper trainiert. Lian drehte sich um und sprach mit gespielt sanfter Stimme: „Wenn ich ein Landei bin, dann seid ihr alle Weicheier, merkt euch das!"

Von diesem Tag an änderte sich das Verhalten der Mitschüler gegenüber Lian, einige waren noch am selben Tag auf sie zugekommen und hatten versucht, ihre Freundin zu werden. Andere wiederum wussten nicht so recht, wem sie nun mehr zugeneigt sein sollten, Lian oder der Clique um Peng.

Lians Mutter war entsetzt über den harschen Ton, in dem der Klassenvorstand von der „ungeheuerlichen Frechheit" ihrer Tochter ihm gegenüber mit ihr gesprochen hatte. Doch sie zeigte keine Unterwürfigkeit, sondern wusch ihm ordentlich den Kopf und bestand darauf, in dieser Angelegenheit mit dem Schuldirektor zu sprechen. Daraufhin lenkte der Klassenvorstand ein, wiewohl Lians Mutter bewusst war, dass er den Stab über ihrer Tochter gebrochen hatte. Lian war nahe daran, die Schule aufzugeben, und ihre Mutter musste all ihre Überredungskünste zusammennehmen, um Lian vom Gegenteil zu überzeugen.

Wären da nicht die anderen Lehrer gewesen, die Lian im Gegensatz zu ihrem Klassenvorstand wohlgesinnt waren, sie hätte die Schule wohl noch während des ersten Jahres verlassen. In den Fächern Chinesisch und Geschichte, die der Klassenvorstand unterrichtete, hatte sie trotz ansprechender Leistungen Mühe, eine positive Note zu erreichen, der Klassenvorstand ließ ihr so gut wie nichts durchgehen.

Da sie jedoch in Mathematik und Musik, aber ganz besonders in Biologie und Wirtschaftskunde gute und sehr gute Noten bekam, konnte sie das erste Jahr in der neuen Schule ganz gut überstehen.

Und noch etwas geschah, was Lian darin bestärkte, mit der Schule weiterzumachen: Eines Tages, es war im Biologieunterricht, lobte ihr Biologielehrer Lians Bemühungen um die Bienen so sehr, dass auch der Schuldirektor davon erfahren hatte. Im Rahmen der Schulfeier am Ende des Schuljahres sprach der Direktor darüber vor allen Schülern und Lehrern an der Schule. Es war entschieden worden, dass Lian für die Abschlussklasse dieses Jahrganges das biologische Praktikum zusammen mit ihrem Biologielehrer leiten sollte – und das Thema waren die Bienen, ihre Bienen!

Plötzlich war sie der Star an der Schule, eine Erstklässlerin, welch große Auszeichnung!

Und so blieb Peng und seinen Kumpanen nichts anderes übrig, als sich den Gratulationen aller anderen Mitschüler anzuschließen, und es war sogar ehrlich gemeint!

101

Ihr Klassenvorstand war bei der Feier nicht anwesend. Im neuen Schuljahr sollte der Biologielehrer ihr neuer Klassenvorstand werden.

Lian war angekommen!

7. Lian und die Bienen

Lian hatte während des ersten Schuljahres in der neuen Schule jede freie Minute damit verbracht, die Bienen wieder in ihrem Tal heimisch zu machen. Neben dem Lernen musste sie weiter ihren Großeltern auf dem Hof helfen, deshalb blieb ihr dazu nicht so viel Zeit, wie ihr lieb gewesen wäre.

Doch gerade dieser Mangel an Zeit hatte sie dazu veranlasst, dass sie mit viel Vorausschau und Übersicht an die Sache heranging. Das Ergebnis konnte sich sehen lassen: Sie hatte es auch verstanden, den Bürgermeister des Dorfes in ihr Projekt einzubinden, und so erhielt sie Unterstützung bei ihren Bemühungen.

Sie hatte vorgeschlagen, überall dort Blumen, Sträucher und Bäume zu pflanzen, wo diese nicht im Wettstreit und Konflikt mit den landwirtschaftlichen Gärten und Feldern standen, denn eigentlich sollte überall Gemüse und Getreide angebaut werden, wo es irgendwie möglich war. Doch da gab es Wege, an deren Rändern man Blumen, Sträucher und Bäume pflanzen konnte, ebenso ganz steile Hänge oder einfach entlang des Baches.

Als das Frühjahr angebrochen war, erblühten an diesen Orten jene Blumen, die die älteren Menschen schon über 20 Jahre nicht mehr gesehen hatten und die Jüngeren vielleicht noch nie in ihrem Leben.

Leider war es Lian nicht gelungen, einen Schwarm Bienen einzufangen, es gab einfach keinen! So hatte sie folgenden Plan ausgeheckt: Sie wollte zwei Bienenvölker von Onkel Kang besorgen, und die Gemeinde sollte diese bezahlen. Sie schrieb einen entsprechenden Brief an Onkel Kang, und dieser war über das kaufmännische Talent Lians hellauf begeistert.

Nun ist den Chinesen der Kaufmann praktisch in die Wiege gelegt, aber für ihr junges Alter zeigte Lian außergewöhnliche Weitsicht und beachtliches Verhandlungsgeschick!

Erst nachdem sie die Zustimmung Onkel Kangs erhalten hatte, wandte sie sich an den Bürgermeister und ging dabei äußerst gerissen vor. Sie fragte ihn, wie ihm die Blumen, Sträucher und Bäume gefielen, auch ob ihm schon aufgefallen sei, dass es heuer viel mehr Hummeln gab und wie nützlich diese doch seien. Und als er voll des Lobes war, bestätigte sie seine Meinungen, die er zur ganzen Sache hatte.

„Leider habe ich keinen Bienenschwarm einfangen können, ich habe überall und immer wieder Ausschau nach einem gehalten", grübelte Lian und schielte nach dem Bürgermeister: „Was soll ich nur machen?!"

Der Bürgermeister war ihr voll auf den Leim gegangen, denn zu ihrer hellen Freude – sie hätte ihm um den Hals fallen können – antwortete er: „Wie wäre es denn, wenn wir – also die Gemeinde – zwei, drei Bienenvölker kaufen würden, von deinem Onkel Kang zum Beispiel, was hältst du davon, Lian?"

Lian versuchte, eine nachdenkliche Miene aufzusetzen, und entgegnete dann mit gespielter Überraschung sowie einer Portion Gelassenheit: „Daran habe ich noch gar nicht gedacht, das ist aber eine sehr gute Idee – nur, ob Onkel Kang das machen wird?"

„Ganz bestimmt", lachte der Bürgermeister und dachte bei sich: *Darauf ist die Kleine nicht von selbst gekommen, dafür muss man schon den Weitblick eines Bürgermeisters haben!* Und zu Lian sagte er: „Lauf jetzt nach Hause, ich habe noch zu tun!"

Lian bedankte sich hastig und lief aus dem Gemeindeamt, um draußen endlich die Bocksprünge aufführen zu können, die sie am liebsten schon beim Bürgermeister gemacht hätte.

Als dieser gerade zufällig aus dem Fenster blickte, sah er, wie sich Lian draußen gebärdete.

Hat die mich vielleicht ...? Er verwarf den Gedanken, dass Lian ihn übers Ohr gehauen und alles so eingefädelt haben könnte. Dann rief er nach seinem Sekretär, und weil er heute seine Spendierhosen anhatte, orderte er vier Bienenvölker.

Kurz vor der Regenzeit war Lian mit dem Bürgermeister und zwei Gemeindebediensteten zu Onkel Kang gefahren, um die vier Bienenvölker abzuholen, die der Bürgermeister bestellt hatte. Es wurde noch ein wenig um den Preis gefeilscht, aber Onkel Kang hatte ein gutes Geschäft gemacht. In einem unbemerkten Augenblick blinzelte Lian ihm zu, und er blinzelte ihr zurück.

Onkel Kang lobte den Entschluss des Bürgermeisters, Lian und das ganze Dorf bei der Wiederansiedlung der Bienen zu unterstützen, und dieser gab sich überaus geschmeichelt. Er hielt eine kurze Ansprache, wie es sich für einen Bürgermeister gehört, und lobte seinerseits die gute Zusammenarbeit mit Onkel Kang, der ja ein Sohn des Ortes gewesen war, in dem er jetzt Bürgermeister sei.

Die Bienenvölker hatte Onkel Kang gleich mit neuen Bienenstöcken geliefert, dafür hatte der Bürgermeister extra bezahlen müssen.

Im Dorf wurden die Stöcke an einem Ort aufgestellt, den Lian dafür vorgesehen hatte. Er lag oberhalb des Dorfes, die Bienen hatten dort die beste Basis für ihre Ausflüge.

Am Wochenende gab es aus gegebenem Anlass eine Feier, und der Bürgermeister lobte Lian, aber vor allem auch sich selbst wegen des Kaufes der Bienenvölker, die nun wieder die Arbeit der Bestäubung übernehmen würden.

Er ernannte Lian zur Dorfimkerin und überreichte ihr zum Zeichen dafür einen Imkerhut mit einem Band, das das Wappen der Gemeinde zeigte.

105

Dann erklärte er das Fest für eröffnet, eine Kapelle begann Musik zu spielen und die Menschen fanden sich auf dem Tanzboden ein.

Lian setzte sich zu ihren Großeltern und ihrer Mutter an den Tisch.

Die Bienen gediehen prächtig, wenngleich die Blüte der Birnen für dieses Jahr schon vorbei war. Lian hatte ganze Arbeit geleistet, immer fanden die Bienen neue Blüten, sie hatte Onkel Kangs Buch genau studiert und dafür gesorgt, dass auch im Sommer wie im Herbst genügend Blumen für die Bienen blühten.

Als bekannt geworden war, dass Lian in der Schule der Bezirkshauptstadt die hohe Ehre zuteilwurde, ein Projekt zur Wiederbelebung der Imkerei im Tal der Birnen leiten zu dürfen, war die Bewunderung der Dorfbewohner groß, und die Kunde verbreitete sich in Windeseile in die Nachbardörfer. Lians Biologielehrer sollte dabei die Arbeit der jungen Studentinnen und Studenten beurteilen, während Lian selbst ihre nötigen Arbeitsschritte betreuen durfte.

Besonders wichtig war Lian dabei, dass man im ganzen Tal jene Plätze in eine Karte einzeichnete, wo man später die Blumen säen sowie die Sträucher und Bäume pflanzen konnte, die für die Bienen so wichtig waren. Da sie sich im Tal gut auskannte, konnte sie die Studentinnen und Studenten zu jenen Plätzen hinführen.

Diese waren in kleine Gruppen eingeteilt und zeichneten auf Karten verschiedenfarbige und gemusterte Flächen ein, die jeweils anzeigten, welche Blumen, Sträucher oder Bäume dort am besten angepflanzt werden sollten. Diese „Bestandserhebung", wie es der Biologielehrer nannte, war eine Grundvoraussetzung, um die Möglichkeiten der Wiederansiedelung der Bienen beurteilen zu können.

106

Gleichzeitig wurden die Bauern darüber belehrt und informiert, während der Blütezeit so wenig wie möglich Insektenschutzmittel auf ihren Feldern und Gärten einzusetzen, da dies den Bienen schaden würde.

Die Studentinnen und Studenten hatten auch die Aufgabe, bei Gelegenheit Blumensamen zu sammeln. Lian unterwies sie dabei in der Methode, die Samen in leeren Zündholzschachteln aufzubewahren, wie sie es bei Onkel Kang gelernt hatte.

Wie jedes Jahr war es zuvor im Frühjahr wieder zu Überschwemmungen und Murenabgängen im Tal gekommen, die diesmal zu besonders starken Verwüstungen geführt hatten. Zahlreiche Felder waren weggespült worden, die Regierung hatte Bagger und Lastkraftwagen geschickt, um den Schlamm und das Geröll zu entfernen. So entstanden da und dort Hügel aus all dem Material, das die Bagger entfernt hatten und das von den Lastkraftwagen aufgeschüttet worden war. Den Bauern wurde gesagt, dass sie ihre Felder jetzt neu anlegen sollten, was aber fast völlig unmöglich war: Das Material enthielt neben großen Steinen auch Baumstämme und Wurzelstöcke sowie Teile von Wasserrädern und jede Menge Müll. Das alles war von den Wassermassen mitgerissen worden.

Lian dachte deshalb daran, diese Hügel mit ein- und zweijährigen Blumen zu bepflanzen, da diese genau solche verwüsteten Plätze bevorzugten. Die Hügel sollten auch nicht eingeebnet werden, da man dann eine größere Fläche zur Verfügung haben würde.

Jenen Bauern, die ihre Felder verloren hatten, war das zwar nicht recht, aber weil sie keine Möglichkeit sahen, die Felder ohne fremde Hilfe wiederherzustellen, willigten sie schließlich ein. Diese Bauern waren zum wiederholten Male im Stich gelassen worden, denn die Regierung hatte sich nur um die Straßen und Brücken gekümmert, für ihre Felder mussten sie selbst sorgen.

Lians Biologielehrer hatte ihnen Mut gemacht. Er erklärte ihnen, dass man die Flächen auch anders nutzen könnte, nicht nur als Bienenweide, sondern auch für Hühner-, Schweine-, oder Ziegenhaltung.

„Die Landschaft wird sich nach und nach verändern", sagte er zu ihnen, „wir werden euch dabei begleiten und euch sagen, was ihr zu welcher Zeit am besten damit macht!"

So scharrten alsbald Hühner in den Hügeln und Schweine gruben auf der Suche nach Wurzeln den Boden um. Im Winter waren dann die Ziegen an der Reihe, die alles Unkraut bis hin zu Disteln vertilgten und die Hügel so vom Wildwuchs reinigten, um Platz für eine neue Bienenweide im nächsten Frühjahr zu machen.

Lian hatte die vier Bienenvölker gut über den Winter gebracht, sie hoffte, heuer die schwärmenden Völker einfangen zu können. Dazu hatte sie bereits vier neue Bienenstöcke zusammengebaut, entsprechend der Abstammung der Bienenvölker gefärbt und mit einem weißen Strich versehen, wie sie es bei Onkel Kang gelernt hatte.

Sie notierte die Blütezeit der einzelnen Blumen, Sträucher und Bäume in ihr Buch, ganz besondere Aufmerksamkeit widmete sie dabei der Birnenblüte.

Es war das erste Mal seit über 20 Jahren, dass in diesem Jahr wieder die Bienen die Birnblüten bestäubten und nicht die Menschen.

Die Freude unter den Bauern war groß und die Kunde davon drang bis in die ferne Hauptstadt der Provinz Sichuan. Eines Tages kündigte sich hoher Besuch aus der Provinzhauptstadt an: Es war der zweithöchste Beamte, der stellvertretende Präfekt, mit einer Reihe von anderen hohen Beamten, der sich ein Bild von der Wiederansiedelung der Bienen im Tal der Birnen machen wollte.

Nach dem offiziellen Empfang beim Bürgermeister, der den

108

hohen Besuch mit Lobesbekundungen überhäufte, durfte Lian den stellvertretenden Präfekten mit seinem Gefolge zu den Bienenstöcken führen.

Nun war es dieser, der voll des Lobes war und Lian eine Auszeichnung in Aussicht stellte. Sein Sekretär notierte alles eifrig in seinem Notizblock mit.

Dann fielen die Augen des hohen Beamten auf eine der Hügellandschaften, die inzwischen wieder voller Blumen und Kräuter erblüht war.

„Was ist denn das?", rief er aus, und seine Miene verfinsterte sich. „Das ist ja ein ungeheuerlicher Berg voller Unkraut! Sollten hier nicht wieder Gärten und Felder sein? Das ist ja ein Skandal, was ist hier los?"

Der Bürgermeister und die Dorfbewohner zuckten zusammen und blickten beschämt auf den Boden, keiner wagte, etwas zu sagen.

Und der stellvertretende Präfekt fuhr fort: „Ich werde sofort veranlassen, dass das Militär ausrückt und diese Hügel einebnet! Und ihr", er wandte sich zu den Dorfbewohnern, „ihr werdet anschließend umgehend mit dem Anbau von Feldfrüchten beginnen!"

Da trat Lian vor ihn hin und sagte mit ruhiger, aber bestimmter Stimme:

„Sehr geehrter Herr stellvertretender Präfekt, diese Hügel dienen nicht nur als Bienenwiese, wir halten hier auch Hühner, Schweine und Ziegen. Wir haben jetzt nicht nur wieder Honig, sondern können so auch mehr Eier und Fleisch produzieren. Die Hügel sind voller großer Steine, Bäume, Wurzelstöcke und leider auch Müll, sodass sie für Gärten und Felder nicht geeignet sind!"

„Was redest du da?", erwiderte der stellvertretende Präfekt und wandte sich an einen hohen Beamten an seiner Seite. Dieser ereiferte sich und erklärte vollmundig, dass es natürlich kein Problem darstelle, aus den Hügeln wieder Gärten und Felder zu machen.

„Na, siehst du, alles kein Problem", bekam Lian zur Antwort.

Damit endete der Besuch und die hohen Beamten machten sich auf die Heimreise, die Dorfbewohner blieben eingeschüchtert zurück.

Alsbald beschuldigten sie Lian, dafür verantwortlich zu sein, und hofften, dass die Provinzregierung sie nicht alle dafür bestrafen würde.

Lian war verzweifelt und wandte sich an ihren Biologielehrer. Dieser hörte sich Lians Geschichte an und nickte zwischendurch mit dem Kopf.

„Wir sollten mit meinem Bruder sprechen", sagte er, „er ist Professor an der Universität für Landwirtschaft in der Provinzhauptstadt, und seine Meinung hat Gewicht!"

Der Professor freute sich, seinen Bruder wieder einmal zu sehen, und lud beide am Wochenende zu sich ein. Als er die Unterlagen gesehen hatte, die im Zuge des Bienenprojektes angefertigt worden waren, und sie ihm die Geschichte mit dem stellvertretenden Präfekten erzählt hatten, sprach er:

„Ich kenne den stellvertretenden Präfekten, er ist ein übereifriger Mann, der nicht weit vorausdenken kann. Leider sind die hohen Beamten nicht mutig genug, ihm zu widersprechen, auch wenn er völligen Unsinn anordnet. Zum Glück kenne ich aber den Präfekten sehr gut, er ist ein ganz anderer Mensch, und ich denke, ich kann ihn davon überzeugen, dass ihr richtig gehandelt habt! Ich werde ihn einladen, dann können wir ungezwungen darüber reden."

Und so geschah es: Der Professor hatte den Präfekten und seine Frau zu einem kleinen Frühlingsfest in seinem Garten eingeladen und nach dem Essen sprachen die beiden über die Geschehnisse im Tal der Birnen. Der Präfekt erklärte die Sache zu seiner Angelegenheit, räumte aber ein, dass er seinen

110

Stellvertreter nicht bloßstellen dürfe und dass dieser sein Gesicht wahren müsse.

Der Präfekt ordnete deshalb an, dass die Unterlagen des Bienenprojektes vom Professor schriftlich begutachtet werden sollten, und gleichzeitig beauftragte er die Abteilung für Landwirtschaft damit, die Hügel probeweise zu untersuchen.

Beide Untersuchungen kamen zu dem Schluss, dass eine Umwandlung der Hügel in Gärten und Felder nicht sinnvoll und der jetzige Zustand für die Bauern im Tal besser sei.

Als Entlastung für den stellvertretenden Präfekten diente die Tatsache, dass es sich bei dem Bienenprojekt um ein genehmigtes Schulpraktikum gehandelt hatte, von dem dieser nichts gewusst haben konnte.

Damit waren alle Unstimmigkeiten beseitigt, und keiner hatte sein Gesicht verloren. Alle hatten gewonnen, nicht zuletzt Lians Bienen.

8. Nachgeschichte

Sieben Jahre waren vergangen, seit Lian die Bienen ins Tal der Birnen zurückgeholt hatte. Sie würde dieses Jahr ihren Abschluss an der höheren Schule machen und war inzwischen zu einer jungen Frau herangewachsen. Vieles war in dieser Zeit geschehen, nicht alles war von Freude begleitet gewesen. Vor drei Jahren war Großvater Ning gestorben. Die Gicht hatte es ihm nicht mehr erlaubt, sich vom Bett zu erheben, und eines Morgens war er nicht mehr aufgewacht. Er war so stolz auf seine Enkelin gewesen, da sie die Bienen zurückgebracht hatte und die mühevolle Arbeit des Blütenbestäubens nicht mehr auf seinen Schultern lastete. Großmutter Hui war so betrübt über seinen Tod, dass sie ihm ein halbes Jahr später folgte.

Es war leer geworden im Haus, Lians Mutter kam nur dreimal die Woche nach Hause, so musste sich Lian neben der Schule auch um die Landwirtschaft kümmern. Sie hatten nur mehr ein paar Hühner, alle anderen Tiere mussten sie bereits aufgeben, denn Lian hätte es nicht geschafft, sich um sie zu kümmern. Auch die Felder bearbeiteten jetzt andere Bauern, Lian behielt nur einen kleinen Garten neben dem Haus.

Als sie im vorigen Winter erfahren musste, dass auch Onkel Kang zu seinen Ahnen heimgekehrt war, weinte sie sehr, denn jetzt waren alle tot, die ihrer Kindheit Frohsinn und Lehre gegeben hatten.

Sie dachte an Shi, der jetzt der Imker der Sippe in den Bergen geworden war und den sie damals heiraten wollte, als sie noch Kinder waren. Sie hatte es Shi nie erzählt, es würde wohl ihr kleines Geheimnis bleiben.

Lian hoffte, dass ihr Vater zurück nach Hause kommen würde, er hatte es Jahr für Jahr versprochen, doch langsam verlor sie den Glauben daran.

Die Anspielungen ihrer Mutter, dass sie jetzt langsam ans Heiraten denken solle, hatte Lian stets verworfen: Es war ihr noch nicht der Richtige begegnet.

Lian hatte sich dazu entschieden, in der Bezirkshauptstadt die Fachhochschule zu besuchen. Als Hauptfach wählte sie „Neue Techniken in der Landwirtschaft". Ihr Biologielehrer wollte sie zwar dazu überreden, die Universität in der Provinzhauptstadt zu besuchen, aber dann hätte sie ihr Zuhause aufgeben müssen, und das wollte sie nicht. Die Fachhochschule hatte einen guten Ruf, und man konnte sie nach nur drei Jahren abschließen. Außerdem kannte sie in der Stadt inzwischen viele Menschen und es gefiel ihr hier sehr gut. An der Fachhochschule gab es auch Lehrpläne für Maschinenbau, Elektrotechnik, Telekommunikation und andere Berufszweige. Die Absolventen waren sehr gefragt und erhielten leicht Arbeit, da alles mit viel Praxis verbunden war.

Eines Tages befand sich Lian mit einigen Kolleginnen im Speisesaal der Fachhochschule, als sie eine Kollegin anstupste und flüsterte:

„Dreh dich vorsichtig um, Lian, siehst du den feschen, jungen Mann da drüben? Der wäre doch was für dich!"

Lian mochte es nicht, wenn sich ihre Kolleginnen darum kümmerten, dass sie einen Freund bekam. Sie alle waren schon lange mit Burschen zusammen, nur Lian war offensichtlich zu wählerisch, wie sie meinten. Lian drehte sich etwas unwirsch um und erblickte einen jungen Mann, der mit anderen zusammen an einem Tisch saß. Sie sah ihn von der Seite, und er war wirklich einen Blick wert. Er war offensichtlich älter als die anderen, und Lian vermutete, dass es kein Student, sondern ein junger Professor an der Schule war.

Ihre Kolleginnen steckten die Köpfe zusammen, tuschelten und kicherten dabei, Lian mochte das ganz und gar nicht, und

114

sie zischte sie an. Es war nun auch den Burschen an jenem Tisch aufgefallen, dass die Studentinnen offensichtlich über sie sprachen, und sie blickten zu ihnen hinüber.

Einer rief herüber, und als Lian sich wieder zu ihnen umdrehte, fiel ihr Blick auf den Hals des jungen Mannes. Deutlich war daran ein Muttermal zu erkennen, und mit einem Schlag wurde Lian bewusst, wer dort drüben saß!

Ihr Herz pochte und sie bekam starke Farbe im Gesicht. Sie versuchte, wegzuschauen, doch als der junge Mann sich plötzlich von seinem Stuhl erhob, starrte sie ihn an und ihre Augen wurden immer größer.

„Hallo, ich heiße Li", sprach er Lian an, „ich studiere hier Ingenieurswesen."

Lian schluckte und stotterte: „I..., ich weiß, ich meine, ich kenne dich!"

Li stutzte und trat einen Schritt zurück, dann betrachtete er Lian, indem er seinen Kopf von der einen auf die andere Seite wiegte.

„Ich heiße Lian, ich bin die mit den Bienen im Bus, weißt du noch?", fragte sie wie ein kleines, schüchternes Mädchen.

Jetzt war es an Li, dem es die Sprache verschlug.

„Ja, natürlich kann ich mich an dich erinnern!", rief er schließlich. „Aber ich hätte dich jetzt nicht wiedererkannt." Er fügte mit anerkennender Stimme hinzu: „Und wie hübsch du geworden bist!"

Das Kompliment war nicht dazu angetan, Lian die Tomatenfarbe aus dem Gesicht zu treiben, ganz im Gegenteil. Ihre Kolleginnen waren jetzt sprachlos und auch die Burschen am anderen Tisch schauten sich mit großen Augen an. Niemand hatte erwartet, dass sich die beiden kannten. Li fasste sich am schnellsten und forderte Lian auf, ihn doch an einen anderen Tisch zu begleiten, wo sie vor ihren Freunden „sicher" waren, wie er es nannte.

115

Er lud sie für diesen Abend in ein Restaurant ein, wo sie sich alles erzählen wollten, was in den ganzen Jahren so geschehen war. Lian hüpfte das Herz.

Im anschließenden Unterricht konnte sie sich überhaupt nicht konzentrieren, was dem Professor auch aufgefallen war. Als er sie ansprach, erklärte sie ihm, dass sie zu Mittag wohl etwas Falsches gegessen habe und ihr deshalb unwohl sei. Der Professor glaubte die Notlüge, entschuldigte sie und erlaubte ihr, nach Hause zu gehen. Das Tuscheln von Lians Freundinnen war ihm dabei nicht aufgefallen, und das war gut so.

Li wusste einiges über Lian, sie war ja so etwas wie eine Berühmtheit. Natürlich ließ er sich von ihr genau schildern, wie es zu dem einen oder anderen Erlebnis gekommen war, das gebot schon der Anstand. Und darüber hinaus genoss er ihre Stimme und beobachtete ihr Mienenspiel. Dann beschloss Lian aber endgültig, dass sie jetzt über sein Schicksal sprechen sollten. Sie konnte sich noch genau daran erinnern, wie er vor vielen Jahren im Bus zur ihr gesagt hatte, er würde gerne Ingenieur werden, und warum das damals nicht möglich gewesen war.

Er erzählte ihr, dass es seiner Mutter jetzt viel besser gehe, weil die Ärzte sie operiert hatten. Und nachdem seine alte Großmutter gestorben war, konnte seine Mutter wieder in der Bibliothek arbeiten, wie sie es vor ihrer schweren Krankheit getan hatte.

Daraufhin habe er den Entschluss gefasst, die Schule nachzuholen, um dann Ingenieur zu werden – und jetzt sei er hier!

„Es macht gar nichts aus, dass ich schon älter bin als die meisten anderen Studenten", sagte er zu Lian. „Ich habe dafür mehr Lebenserfahrung und gehe die Sache mit dem nötigen Ehrgeiz an! – So, wie du!", ergänzte er.

116

Sie lachten beide und ihre Verliebtheit war ihnen ins Gesicht geschrieben.

Lian und Li schlossen ihr Fachhochschulstudium gleichzeitig mit ausgezeichnetem Erfolg ab. Aus ihrer Verliebtheit war längst Liebe entstanden und einer Heirat stand nun nichts mehr im Wege.

Lian leitete Bienenprojekte in anderen Tälern der Provinz Sichuan und bald war ihr Wissen weit über die Grenzen der Provinz hinaus bekannt und begehrt. Es war ihr zu verdanken, dass man von nun an auf giftige Spritzmittel gegen Pflanzenschädlinge verzichtete, die die Bienen so lange Jahre vergiftet hatten, und dass man seitdem mit der Natur lebte, anstatt gegen sie zu kämpfen. Sie wurde eine erfolgreiche Geschäftsfrau, die dabei aber nie vergaß, wem sie das alles zu verdanken hatte.

Auch Li war überaus erfolgreich als Ingenieur: Er entwickelte einfache, aber hochwirksame landwirtschaftliche Geräte, die den Bauern die Arbeit um ein Vielfaches erleichterten, ohne die Umwelt zu belasten. Seine Maschinen wurden in alle Welt verkauft.

Beide trugen dazu bei, dass die Welt sich zum Besseren wandelte, und so wurden aus den Kindern aus einfachen Verhältnissen zwei Säulen einer neuen Menschengeneration, verwurzelt in ihrer Heimat und gebaut auf dem Fundament ihrer Vorfahren.

Manchmal lief es in ihrem Leben nicht nach Wunsch, das war normal.

Li sagte dann: „Das Leben ist keine Einbahnstraße. Aber nach dem Dunkel der Nacht wird wieder die Sonnen scheinen!"

Lian dankte ihm dafür, dass er sie tröstete. Und sie hatte es sich angewöhnt, das Lied über die Bienen zu singen, das sie von ihrer Mutter gelernt hatte – an guten wie an schlechten Tagen.

Die Birnbäume blühen und die Blumen am Rain.
Werden bald Bienen zu sehen sein?
Da ist schon eine, fliegt von Baum zu Baum!
Im Nu ihre Beine ganz gelb anzuschaun!

Summ summ summ summ summ summ
Summ summ summ summ summ summ
Summ summ summ summ summ summ
Summ summ summ summ

Dann fliegt sie nach Hause zu ihrem Volk,
dort wird sie tanzen, zeigt so den Erfolg.
Blühende Bäume und Blumen gibt's dort!
Gleich werden sie suchen beschriebenen Ort.

Summ summ summ summ summ summ,
Summ summ summ summ summ summ
Summ summ summ summ summ summ
Summ summ summ summ

Hörst du das Summen, das näher kommt?
Es schwillt an zum Brummen – und jetzt sind sie da!
Es sind so viele, eine riesige Schar!
Sie sammeln den Pollen und trinken Nektar.

Summ summ summ summ summ summ,
Summ summ summ summ summ summ
Summ summ summ summ summ summ
Summ summ summ summ

Und die Blüten lassen die Bienen gewähren,
wird doch jede dafür eine Birne gebären.
Im Bienenstock füllen sich Waben
mit Pollen, den sie zusammengetragen.

Summ summ summ summ summ summ
Summ summ summ summ summ summ
Summ summ summ summ summ summ
Summ summ summ summ

Verschlossen mit Wachs der fleißigen Bienen
reift eine Kostbarkeit in ihnen.
Es ist der Honig, so süß und lind!
So süß und wertvoll wie du, mein Kind!

Summ summ summ summ summ summ
Summ summ summ summ summ summ
Summ summ summ summ summ summ
Summ summ summ summ

Die Birnbäume

Daniel Len

Die Birn-bäu-me blühen und die Blu-men am Rain. Wer-den bald Bie-nen zu se-hen sein?

Da ist schon ei-ne, fliegt von Baum zu Baum! Im Nu ih-re Bei-ne ganz gelb an-zu-schaun!

Summ summ summ summsumm summ, summ summ summ summsumm summ, summ summ summ summsumm summ summ summ summ summ. Dann

fliegt sie nach Hau-se zu ih-rem Volk, dort wird sie tan-zen, zeigt so den Er-folg.

Blüh-en-de Bäu-me und Blu-men gibt's dort! Gleich wer-den sie su-chen be-schrie-be-nen Ort.

Summsumm summ summ summsumm, summ summ summ summ summsumm, summ summ summ summ summsumm summ summ summ summ.